AF301035

Martin Krist, geboren 1971, lebt in Berlin. Er arbeitete viele Jahre als leitender Redakteur bei verschiedenen Zeitschriften. Seit 1997 ist er als Schriftsteller tätig. Nach mehr als 30 Sachbüchern, darunter Biografien über die Hamburger Kiez-Ikone Tattoo-Theo, die Punk-Diva Nina Hagen, den Rap-Rüpel Sido, die Grunge-Ikone Kurt Cobain und den gewaltlosen Rebell Mahatma Gandhi, schreibt er seit 2005 Krimis und Thriller.

www.Martin-Krist.de

Martin Krist

TEUFELS SPIEL

Thriller

R&K

Die Deutsche Nationalbibliothek verzeichnet diese Publikation in der Deutschen Nationalbibliografie; detaillierte bibliografische Daten sind im Internet über http://dnb.dnb.de abrufbar.

Originalausgabe bei **R&K**
22. Juli 2024

Titelbild & Umschlaggestaltung:
Designomicon | Anke Koopmann
unter Verwendung eines Fotos von
© iStock.com/ysbrandcosijn
Beratung: Sarah Lippasson
(sarahlippasson.com)
Lektorat: Julia Kischkel-Fietz
(ka-und-jott.de)

Martin Krist
Postfach 910104, 12413 Berlin
www.Martin-Krist.de

Herstellung und Verlag: BoD – Books on Demand, Norderstedt
ISBN: 978-3-759743794

Auf Spotify, Apple & überall,
wo's Podcasts gibt!

Präsentiert von BoD - Books on Demand

In Berlin schläft das Verbrechen nie: Ob spektakulärer
Raub, skrupellose Entführung oder grausamer Mord -
begib dich mit Bestsellerautor Martin Krist
und Ex-Polizistin Isa Falk auf

MÖRDERS SPUR
der Crime Podcast aus Berlin

Produziert von *&Falko by Sarah Lippasson* als eine
Mischung aus Crime-Podcast und Hörspiel, erzählt der
Podcast einen spektakulären Berliner Kriminalfall.

Das Besondere daran: Der Podcast ist eingebunden
in die neue Thrillerreihe »Oswald & Stark«, das neue
Ermittlerteam an der Seite von Kommissar Kalkbrenner.

Und? Warst *du* ein liebes Kind?

Natürlich warst du das – ein liebes Kind, auch wenn deine Mutter es dich nicht hat spüren lassen.

Bestimmt ist sie nicht immer so gewesen, aber daran kannst du dich vermutlich nicht mehr erinnern.

Woran du dich sehr wohl erinnerst: an ihre Phasen.

Ihre *Schübe*, wie sie sie nannte, die sie in immer kürzerer Abfolge heimsuchten.

Dann blieb sie im Bett, häufig von früh morgens an, ließ die Gardinen zu, weil helles Licht sie schmerzte.

Sie versank in stundenlanges Schweigen, war kaum ansprechbar, bis sie unvermittelt in Tränen ausbrach. Oder vor Wut herumschrie.

»*Mir geht es so schlecht*«, brüllte sie Papa an, »*und wo bist du?*«

»Wo soll ich denn sein?«

»*Du bist weg! Ständig bist du weg!*«

»Einer muss ja die Miete ranschaffen.«

»*Jetzt mach mir noch ein schlechtes Gewissen!*«

»Es würde helfen, wenn du deine Tabletten nimmst.«

»*Die machen mich doch nur noch kranker.*« Sie schnappte nach Luft. »*Und du*«, schimpfte sie mit dir, »*hast du auch vergessen, wie es mir geht?*«

»Ich muss pullern.«

»Und dafür musst du überall das Licht brennen lassen?«

»Es ist dunkel draußen«, sagte Papa.

»Da siehst du's! Ihr wollt doch nur, dass es mir schlecht geht!«

Wortlos schloss Papa die Schlafzimmertür und ging in die Küche. »Beeil dich«, presste er hervor, »es gibt gleich Abendbrot.«

Hinterher bist du ins Bad, hast dir die Zähne geputzt, dir deinen Schlafanzug angezogen und dich schlafen gelegt.

Gut möglich, dass es eine Zeit gegeben hat, in der Papa sich noch neben dich legte, du dich an ihn schmiegtest, während er dir aus deinem Lieblingsbuch vorlas.

»Plotzenhotz?!«

»Hotzenplotz heiße ich!«

»Oh, Verzeihung, Herr Lotzenpotz.«

Aber das Einzige, woran du dich noch erinnern kannst: dass er immer lang ausgestreckt auf der Couch lag und längst eingeschlafen war.

Morgens war er bereits wach, noch ehe der Wecker ging. Er stellte dir das Frühstück raus, legte dir deine Sachen für den Tag zurecht, brachte dich zur Schule, raste in die Firma und beeilte sich, um dich am späten Nachmittag wieder rechtzeitig abzuholen.

Trotzdem kam er meist zu spät und du musstest im Büro der Schulrektorin auf ihn warten.

»Das geht so nicht weiter!«, schimpfte sie und rümpfte die Nase.

Jedes Mal trug Papa seine dreckigen, verschwitzten Klamotten, weil ihm die Zeit fehlte, sich auf Arbeit noch zu duschen und umzuziehen. »Ich weiß, ich —«

»Sie sind zwei Stunden zu spät!«

»Ich habe doch versucht —«

»Wir hätten schon längst geschlossen!«

»Was soll ich denn tun?«

»Was auch immer, das geht so nicht weiter!«

Er gelobte Verbesserung, von der sowohl er als auch die Rektorin wussten, dass sie niemals eintreten würde, dann seid ihr zum Supermarkt gefahren, habt die wichtigsten Einkäufe erledigt.

Wenn er dran dachte, hat er dir ein Stück Erdbeerkuchen gekauft, den mochtest du am liebsten.

Unterwegs wagtest du manchmal einen Versuch: »Gehen wir noch auf den Spielplatz?«

»Nein«, sagte Papa, »wir müssen doch nach Hause.«

»Können wir dort noch was spielen?«

»Wenn ich es schaffe.« Er gähnte, dann lächelte er.

Und auch wenn sein Lächeln nur gezwungen war, so

war es eben doch ein Lächeln. Viel zu selten hat er noch gelächelt. Oder gespielt.

Wenn ich es schaffe.

Zuhause musste er wegräumen, was deine Mutter am Tag hatte stehen oder liegen lassen – eine leere Teetasse, einen Teller mit einem halb angeknabberten Toast, die am Boden versprengten Krümel, ein Handtuch, ihren gebrauchten Schlüpfer und noch anderen Kram.

An manchen Tagen tropfte noch der Wasserhahn im Bad, weil sie vergessen hatte, ihn auszumachen.

Oft hatte sie sogar das Klo nicht gespült.

Obwohl vom Tag erschöpft und noch immer in seinen dreckigen Klamotten brachte Papa die Wohnung halbwegs wieder auf Vordermann, während er das Essen zubereitete.

Bis deine Mutter wieder mit ihm zu schreien begann.

An manchen Abenden warst du bei Faye.

Faye wohnte gegenüber, war in deinem Alter und besuchte die gleiche Klasse wie du.

Zwar mochte sie Einhörner, du lieber Dinos, trotzdem warst du froh über die Zeit bei ihr. Fayes Mutter spielte mit euch *Rumpelritter* oder *Schlauer Peter*, später *Incognito* oder *Monopoly.*

Gelegentlich las Fayes Vater euch aus deinem

Lieblingsbuch vor: *Juchheisa, ich bin unsichtbar! Das ist für Räuber wunderbar, so sieht mich keiner auf der Flucht, Menschenskind, das ist 'ne Wucht!*

Woran du dich ebenso erinnerst: dass du auch an jenem schicksalhaften Abend bei Faye gewesen bist.

Dass ihr bei ihr mit ihrem Lego gespielt habt, Burgen, Schlösser, Ritter, Einhörner und Dinos, und es hatte Erdbeerkuchen gegeben.

Und dass du irgendwann nach Hause gegangen bist und Papa auf deinem Bett hockend vorfandest.

Schweigend sah er dich an.

Etwas lag in seinem Blick, das dir nicht behagte, und das war diesmal nicht nur seine Erschöpfung.

»Ich kann das nicht mehr«, hörtest du ihn sagen.

Damals hast du nicht begriffen, was er damit meinte. Und auch nicht, was er nach einer kurzen Pause hinzufügte: »Ich will das nicht mehr.«

Hass ist gescheiterte Liebe.

Søren Kierkegaard

EINS

»Ich bin Kriminaloberkommissarin Stark«, sagte Jamina und wartete drei, vier Sekunden auf eine Reaktion, ehe sie hinzufügte: »Jamina Stark.«

Die junge Frau vor ihr auf dem Krankenhausbett blieb regungslos, fast so, als würde sie schlafen.

»Und das«, fuhr Jamina trotzdem fort und blickte zu ihrem schlaksigen Kollegen, der neben ihr sichtlich ungeduldig an seiner Lederjacke nestelte, »ist Kriminalhauptkommissar von Oswald.« Wieder hielt sie kurz inne, bevor sie meinte: »Benedikt von Oswald.«

Überrascht hielt Oswald inne. »Jamina?«

Sie konzentrierte sich unterdessen wieder auf die Frau. Die sich nicht rührte. Einzig die Kurven auf dem Monitor, an dem sie angeschlossen war, befanden sich in unablässiger Bewegung.

Jamina unternahm einen neuerlichen Versuch. »Benedikt und ich …«

»Jamina!«

»… wir müssen Ihnen einige Fragen stellen.« Sie ignorierte Oswald.

Er brummte verstimmt.

Die Frau dagegen ließ keinerlei Reaktion erkennen.

Ganz anders die alte, ergraute Dame in dem Nachbarbett, die längst erwacht war. Neugierig linste sie herüber.

»Frau Baffoe«, allmählich verlor auch Jamina die Geduld, »wir wissen, dass Sie wach sind. Wir haben den Arzt, der vor wenigen Minuten erst bei Ihnen war, vor der Tür getroffen.«

Baffoe bewegte sich nicht.

»Außerdem wartet Yılmaz draußen, Ihr Freund, dass er endlich zu Ihnen darf.«

»*Jamina!*«, zischte Oswald.

Wieder beachtete sie ihn nicht, behielt stattdessen Baffoe im Blick, die bei der Erwähnung ihres Freundes zusammengezuckt war.

»Aber eigentlich ist Yılmaz ja ihr Zuhälter«, fügte Jamina hinzu.

Noch ein Zucken und die Schmerzen, die Baffoe dabei trotz der ihr verabreichten Medikamente litt, ließen sie keuchen. Ihre Augen jedoch hielt sie unverändert geschlossen. Wahrscheinlich bekam sie sie auch gar nicht richtig auf, weil ihre Lider dick geschwollen waren. Auf ihrer linken Wange prangte eine blutige Wunde, ihre Oberlippe war geplatzt.

Ihre übrigen Verletzungen lagen unter der Bettdecke verborgen.

»Wieso hat Yılmaz sie so zugerichtet?«, fragte Jamina, obwohl sie die Antwort kannte.

Wie von selbst legte sich ihre Hand auf ihren Ärmel. Trotz des dicken Jackenstoffs konnte sie die hässliche Narbenwulst darunter spüren.

Es war immer das gleiche Problem in solchen Beziehungen, und zwar nicht nur im Milieu.

Baffoe murmelte etwas.

Jamina trat näher ans Bett heran. »Wie bitte?«

»Er …«, presste Baffoe nur mit Mühe über ihre wunden Lippen, »er ist mein Freund.«

»Ach ja?«

»Ja, mein Freund.« Baffoe deutete ein Kopfnicken an, was sie erneut vor Schmerz ächzen ließ. »Und … und er hat nichts getan.«

Und *das* war ein weiteres Problem, das Jamina ebenso vertraut war.

Sie blickte zum Fenster raus, zählte zwei, drei, vier Sekunden, um ihre wachsende Wut zu zähmen.

Immer wurde alles nur verdrängt, geleugnet, schöngeredet.

Draußen war inzwischen der Abend angebrochen.

Obwohl wolkenlos glich der Himmel über dem Kreuzberger Klinikum Am Urban einer finsteren Wand.

»Frau Baffoe«, Jamina holte Luft, »wir können Ihnen helfen.«

»Ich brauch keine Hilfe.«

»Beim nächsten Mal schlägt Yılmaz Sie wahrscheinlich tot!«

»Ich bin nur am Bordstein gestolpert.«

»Sie haben offenbar ein Schädel-Hirn-Trauma, gebrochene Rippen und –«

»Es war ein Unfall.«

»Frau Baffoe, kein Mensch –«

»*Es war ein Unfall!*« Mit überraschender Heftigkeit bäumte sich Baffoe auf. Gleich darauf verließen ihre Kräfte sie wieder. Stöhnend sackte sie aufs Kissen zurück. Am Monitor begann ein Warnton, zu piepen.

Die alte Frau auf dem Nachbarbett japste entsetzt.

Gleich darauf stürmte eine Krankenschwester ins Zimmer.

Ihr dicht auf den Fersen folgte der Arzt. »Ich hab Ihnen doch gesagt, Sie sollen sie nicht unnötig aufregen.«

Oswald hob die Arme, als wollte er sagen: *Ich hab nichts gemacht.*

»Bitte verlassen Sie den Raum!«, verlangte der Arzt.

»Nein«, protestierte Jamina, »wir haben einige Fragen, die —«

»Gehen Sie jetzt!«

»Wenn wir *jetzt* gehen, wird sie niemals —«

»*Sofort!*«, bellte der Arzt.

Während Baffoe sich wie unter einem heftigen Krampf wand, piepte der Warnton immer schneller.

»Er hat recht«, sagte Oswald, »wir sollten gehen.«

Jamina setzte zum neuerlichen Protest an.

»Na los!«

Widerstrebend folgte sie Oswald hinaus auf den Flur.

ZWEI

Am nächsten Morgen klingelte dein Wecker.

»*Steh schon auf!*«, rief deine Mutter, die sich selbst nur mühsam aus ihrem Bett bewegte.

Was an sich nicht weiter ungewöhnlich war.

Zwar kamen ihre Schübe zuletzt in immer kürzerer Abfolge, aber dazwischen gab es jedes Mal wieder Tage, an denen sie zumindest versuchte, den Anschein von Normalität zu wahren.

Was auch immer das bei ihr bedeutete – *Normalität*.

»Verdammt noch mal«, schrie sie, als du im Flur die Lampe anmachtest, *»wie oft soll ich dir das noch sagen?«*

Schnell hast du das Licht wieder ausgeschaltet und bist aufs Klo.

»Und mach nicht so lang da drin, ich muss auch!«

Kaum warst du fertig, wankte sie an dir vorbei ins Bad.

Noch ehe die Tür hinter ihr zufiel, sahst du, wie sie im Schränkchen nach ihren Tabletten griff.

In der Küche war das Frühstück nicht rausgestellt, in deinem Zimmer lagen deine Sachen nicht auf dem Stuhl.

»Was ist?«, fragte deine Mutter, als sie dich unschlüssig vor deinem Schrank herumstehen sah.

»Wo ist Papa?«

»Wo ist Papa?«, äffte sie dich nach. *»Wo ist Papa?«*

Etwas in dir zog sich zusammen.

»Was glaubst du denn, wo er ist, dein ach so toller … *Papa?«* Das letzte Wort spuckte sie voller Verachtung aus.

Beklommen hülltest du dich in Schweigen.

»Er ist weg!«, zischte sie. »Papa ist weg! Immer ist er weg! Für immer!«

Du verspürtest einen schmerzhaften Stich.

Deine Mutter beugte sich zu dir vor. »Hab ich's nicht immer gesagt?«

Der Schmerz wurde schlimmer.

Unterdessen kam deine Mutter noch näher, bis sich im Zwielicht deines Zimmers eure Nasen berührten. »Jetzt gibt es nur noch dich und mich!«

Du bekamst kaum noch Luft.

»Und jetzt«, sie richtete sich wieder auf, »zieh dich an, mach dir Frühstück.« Sie drehte sich um. »Du musst zur Schule.«

Dein Herz schlug heftig in deiner Brust, während du dir deine Sachen rausgesucht und dich angezogen hast.

Papa ist weg!

Nach Frühstück war dir nicht mehr.

Wie betäubt nahmst du deinen Tornister.

»Na los doch!« Im Flur wartete deine Mutter. »Wir müssen uns beeilen.«

Aber als sie Haustür öffnete und das Sonnenlicht sie traf, wich sie erschrocken zurück.

»*Nein*«, stieß sie voller Entsetzen hervor, »*nein, ich kann nicht.*«

Du hast gegen deine Tränen angekämpft.

»Ich kann das nicht.«

Schließlich rief sie Fayes Eltern an und erklärte ihnen, ohne dass sie sich viel Mühe gab, ihren Zorn zu verbergen, dass Papa sie verlassen habe, dass es ihr alles andere als gut ginge, dass sie dich doch bitte schön zur Schule mitnähmen. »Ich kann das nicht.«

Unweigerlich kamen dir Papas Worte in den Sinn.

Ich kann das nicht mehr. Ich will das nicht mehr.

Und während du mit Tränen in den Augen neben Faye im Auto hocktest, in den Tagen und Wochen danach, da begannst du allmählich zu begreifen, was er damit gemeint hatte.

Verstanden hast du es trotzdem nicht.

DREI

»Jamina!« Mit einem Ruck drehte sich Oswald zu ihr um. »Was in Gottes Namen …« Er wartete, bis zwei Krankenpflegerinnen sich im Flur entfernt hatten. »Was sollte das da drinnen?«

»Was?«

»Verkauf mich bitte nicht für dumm!«

»Keine Ahnung, was du meinst.«

Oswald seufzte. »Du hast …« Wieder hielt er inne, weil

ein Trupp schnauzbärtiger Männer plappernd an ihnen vorbeistapfte. Er dämpfte seine Stimme. »Wieso hast du Baffoe —«

Jaminas Handy klingelte. Es war Liz, ihre Tochter.

In der gleichen Sekunde verließ auch der Arzt das Krankenzimmer. Drinnen war das hektische Piepen endlich verklungen.

Jamina drückte Liz' Anruf weg. »Herr Doktor«, sie trat auf ihn zu, »wie geht es Frau Baffoe?«

Grimmig eilte der Arzt an ihr vorbei. »Wir haben ihr ein stärkeres Sedativum verabreicht.«

»Und das bedeutet?«

»Sie wird erst einmal schlafen.« Der Arzt beschleunigte seine Schritte.

Jamina setzte ihm nach. »Hat sie tatsächlich einen Sturz erlitten?«

Der Arzt hielt in der Bewegung inne.

Fast rannte Jamina in ihn hinein.

Der Arzt sah sie an. »Ist es das, was sie Ihnen gesagt hat?«

»Angeblich ist sie über einen Bordstein gestolpert.«

»Nun, wenn sie das so sagt.«

»Was sagen *Sie*?«

»Was wollen Sie hören?«

»Was ihr tatsächlich widerfahren ist!«

»Woher soll ich das wissen?«

»Ach kommen Sie!«

»Nun«, für einen Moment schien der Arzt mit sich zu ringen. Er gähnte.

Unterdessen zog ein Rentner mühevoll mit Rollator vorüber. »Herr Doktor, ich —«

»Ich bin gleich bei Ihnen!«

Jamina fixierte den Arzt.

Angestrengt stieß er die Luft aus seinen Lungen. »Nun«, wiederholte er, ehe er den Kopf schüttelte. »Ich kann Ihnen nur so viel verraten: Für einen Sturz sind ihre Verletzungen eher ungewöhnlich.«

»Welche Verletzungen genau?«

»Darüber darf ich Ihnen ohne das Einverständnis der Patientin keine Auskunft erteilen. Und jetzt«, mit einem neuerlichen Gähnen eilte der Arzt dem Rentner nach, »entschuldigen Sie mich, ich habe noch andere Patienten.«

Jamina wollte ihm etwas nachrufen.

»Lass gut sein«, hörte sie Oswald sagen.

Als sie zu ihm herumwirbelte, war er bereits auf dem Weg zu den Fahrstühlen.

»Mehr können wir hier nicht tun«, sagte er.

Und vielleicht war dies das größte Problem von allen: dass er damit recht hatte.

Während der Fahrt hinab hüllte sich Jamina in zorniges Schweigen.

Auch auf ihrem Weg durchs Foyer verlor sie kein Wort.

Es wimmelte vor Menschen, Angehörigen, plärrenden Kindern, Patienten.

»Möchtest du auch noch was?«, fragte Oswald.

»Was?«

»Kaffee, Tee«, er bog ab ins Krankenhaus-Café, »oder was anderes?«

»*Nein!*« Jamina stapfte hinaus auf den Vorplatz.

Draußen schnappte sie nach Luft.

Für Anfang März war der Abend noch überraschend warm.

Etliche Leute standen um einen Aschenbecher herum und vertrieben sich die Langeweile mit dem Rauchen und endlosen Klagen über ihre Krankheiten, die Ärzte und den Klinikfraß. Von irgendwo in Kreuzberg war Sirenengeheul zu hören.

Eine aufgeregte Stimme mischte sich in den Lärm. »*Jamina!*« Ein junger Mann rannte auf sie zu. »*Wir haben ihn.*«

»Wen, Leon?«

»Murat Yılmaz«, sagte Leon Pospiech, Kriminalkommissar und ein weiterer, mit dreiundzwanzig obendrein der jüngste aller Kollegen im Morddezernat, »Baffoes Freund.«

Jamina folgte seinem Fingerzeig zur Straße, wo sie im schwachen Laternenschein auf der Rückbank eines Streifenwagens einen jungen muskulösen Typen zu erkennen glaubte, dessen Kiefer unablässig auf einem Kaugummi mahlten.

»Du hast ihn hierherbringen lassen?«, fragte Oswald, der sich mit einem To-go-Becher randvoll mit dampfendem Ingwertee zu ihnen gesellte.

»Aber ja«, Pospiech nickte voller Stolz, »ich dachte, wir machen eine Gegenüberstellung.«

Oswald schüttelte den Kopf. »Doch nicht im Krankenhaus!«

»Ja, aber wo denn dann?«

»Wenn überhaupt auf dem Präsidium.«

»Aber seine Freundin ist doch *hier*!«

»Die im Übrigen sowieso nicht gegen ihn aussagt.«

»Wie?« Pospiech runzelte die Stirn. »Wieso das denn nicht?«

»Weil es ein Unfall war.«

»So ein Blödsinn!«

»So ist die Lage.« Achselzuckend begab sich Oswald zum Streifenwagen.

Fassungslos ging Pospiechs Blick zu Jamina.

Während sie die Lippen aufeinanderpresste, spürte sie die neugierigen Blicke der umstehenden rauchenden Patienten.

Derweil öffnete Oswald die Hintertür des Wagens.

»Also das«, kaugummischmatzend trat Yılmaz ins Freie, »nenn ich mal einen 1A-Service.«

Oswald nahm ungerührt einen Schluck von seinem Tee.

»Die Polizei, dein Freund und Helfer.« Grinsend schlurfte Yılmaz an Jamina vorbei.

»Ich hab dich auf dem Schirm«, presste sie hervor.

Yılmaz hob sein Gesicht zum Abendhimmel. »Heute regnet's sicher nicht mehr.«

Jamina ballte die Hände.

Mit einem Grinsen blies Yılmaz seinen Kaugummi auf. Geräuschvoll ließ er ihn platzen.

»Jamina?«, rief Oswald.

Nur mühsam widerstand sie dem Drang, Yılmaz ihre Faust ins Gesicht zu hämmern.

»Jamina!«

Stattdessen floh sie zum Passat, klemmte sich hinters Steuer und startete den Motor.

Kaum dass Oswald neben ihr saß, trat sie das Gaspedal durch.

VIER

Es war nicht so, dass deine Mutter es in der Folgezeit nicht wenigstens versuchte.

Sie nahm sogar ihre Tabletten, bemühte sich um den Haushalt, an guten Tagen verließ sie sogar die Wohnung und ging zum Supermarkt.

Trotzdem vergaß sie ständig irgendwelche Dinge, die Wäsche, den Wasserhahn, das Klo, meist auch ihre Tabletten. Dann hatte sie wieder ihre Schübe, noch heftiger als zuvor, lag den ganzen Tag in ihrem Bett, in Lethargie verfallen, oder heulte und schrie: *»Mach das Licht wieder aus!«*

»Entschuldige, Mama.«

»Sei nicht so laut!«

»Das war Faye, die geklingelt hat.«

»Hilf mir lieber!«

»Ich muss zur Schule.«

»Mir geht es so schlecht – und wo bist du?«

Du hast dich wirklich bemüht, ihr alles recht zu machen. Ständig hast du auf sie Rücksicht genommen, dir dein Frühstück gemacht, dir deine Anziehsachen rausgesucht, hast ihr noch einen Tee gebracht, etwas zu essen, natürlich auch in der Hoffnung, deiner kindlichen Naivität, dass es sie besänftigte.

Dass sie vielleicht auch mal ein Lächeln für dich übrighatte, selbst wenn es nur gezwungen war.

Dass sie deinen anhaltenden Schmerz linderte.

Und dass sie dir endlich half, zu verstehen: »Wo ist Papa?«

»Weg!«

»Aber *wo* ist er?«

»Er ist weg!«

So weit warst du inzwischen auch schon. Mehr als ein halbes Jahr war vergangen, seit er verschwunden war.

»Aber warum kommt er nicht mal vorbei?«

»Wenn er weg ist …«

»Oder er ruft mich an.«

»… ist er weg!«

»Darf ich ihn besuchen?«

»Du musst jetzt zur Schule!«

Verstört packtest du dir deinen Schulranzen, gingst

nach draußen zu Faye, deren Eltern bereits im Wagen auf euch warteten.

Sie fuhren euch zur Schule.

Nachmittags holten sie euch wieder ab.

Während deine Mutter in der Dunkelheit ihres Schlafzimmers blieb, hast du ihren ganzenKram weggeräumt.

Dann bist du rüber zu Faye, wo ihr die Hausaufgaben erledigt habt. Sie war gut im Buchstabieren, du mit dem Rechnen.

Hinterher spieltet ihr mit Lego, den Einhörnern, deinen Dinos, hörtet dabei Musik, last in euren Lieblingsbüchern.

Juchheisa, ich bin unsichtbar! Das ist für Räuber wunderbar.

Manchmal durftet ihr sogar einen Film gucken.

Wenn draußen die Sonne schien, hat Fayes Vater euch zum Spielplatz begleitet, wo ihr andere Kinder aus dem Viertel traft oder einige eurer Schulfreunde, häufig Viola, Melina, Amir oder Ken, der Älteste von euch.

Dann seid ihr geklettert, habt getobt, gelacht, euch gegenseitig geneckt und gejagt, wie man es so tut in dem Alter. Vor allem Ken war für jeden Spaß zu haben.

Für eine Weile konntest du deinen Alltag vergessen, deine Fragen, deinen Schmerz.

Am Abend meinte deine Mutter: »Du bist wie dein Vater!«

Verwirrt hast du sie angesehen.

»Ständig bist du weg!«

FÜNF

An der Kreuzung Hermannplatz trat Jamina die Bremse, einen Tick zu heftig.

Neben ihr wurde Oswald unsanft in den Gurt gepresst. Tee und etliche Ingwerschnipsel schwappten über den Rand seines Bechers. *»Gottverdammt, Jamina!«*

»'tschuldigung.«

»Du fährst unmöglich!«

»Soll ich etwa bei Rot über —«

»Und zwar schon, seit wir am Krankenhaus losgefahren sind!« Mit der einen Hand hielt Oswald seinen tropfenden Becher, mit der anderen pickte er die Ingwerschnipsel auf. »Jetzt schau dir mal meine Hose an!«

»Wieso trinkst du auch während der Fahrt?«

»Echt jetzt, Jamina?«

Sie wollte ihm antworten, doch ihr fiel nichts ein, was nicht noch bockiger geklungen hätte.

Außerdem war sie sich ihrer unbeherrschten Wut sehr wohl bewusst.

Nur kam sie wie immer nicht dagegen an.

»Wirklich«, Oswald zog ein Stofftaschentuch aus seiner Hosentasche, »ich habe keine Ahnung, was dein Problem ist.«

Zu ihrer Erleichterung begann ihr Handy zu klingeln.

Wieder war es Liz.

Jaminas Zorn verflog und wich einem schlechten Gewissen, weil sie den Anruf ihrer Tochter vorhin vergessen hatte.

Allerdings konnte sie sich denken, weswegen Liz sie wiederholt zu erreichen versuchte.

Sie zögerte.

»Willst du nicht rangehen?«, fragte Oswald, der sich mit dem Taschentuch seine Hose trocken zu reiben versuchte.

Jamina nahm das Gespräch entgegen. »Hallo, Liz.«

»Wo bist du, Mama?«

»Noch unterwegs, aber –«

»Kommst du heute noch nach Hause?«

»Natürlich, wieso denn nicht?«

»Hätt ja sein können, dass du Dienst hast.«

»Nein, heute nicht, das hab ich dir doch gesagt.«

»Okay«, erwiderte Liz, aber es klang, als meinte sie das genaue Gegenteil.

»Wir wollten doch gemeinsam kochen«, fügte Jamina hinzu, »Lasagne oder so.«

»Ach so, ja.«

»Hast du's vergessen?«

»Nein, ich –«

»Oder hast du was anderes vor?«, fragte Jamina.

Liz reagierte nicht.

Plötzlich fühlte sich Jamina nur noch müde. »Liz«, der grelle, rote Lichtschein der Ampel brannte in ihren Augen, »wenn es dir lieber ist, können wir gerne auch –«

»Nein, schon okay.«

»Sicher?«

»Klar.«

Diesmal war es Jamina, die schwieg – und es bereute, dass sie sich von Oswald nicht doch einen Kaffee aus dem Krankenhaus-Café hatte mitbringen lassen. Vielleicht hätte sie sich dann … *ja was?*

Sie hätte sich wacher gefühlt, aber ganz sicher kaum besser.

Die Ampel sprang auf Grün und Jamina gab Gas.

»Dann bis nachher«, sagte ihre Tochter.

»Vielleicht könnten wir … Liz?« Sie hatte aufgelegt.

Mit einem Seufzen bog Jamina nach links auf den Kottbusser Damm.

Sie gerieten in den üblichen dichten Verkehr.

Auf den Bürgersteigen waren die Leute unterwegs, im Geflacker der Leuchtreklamen der türkischen Reisebüros, Handyshops, marokkanischen Supermärkte, Wascsalons, Dönerbuden und Schawarma-Imbisse.

Deren Geruch drang bis zu ihnen hinein in den Wagen.

Es behagte Jamina nicht, dass sie ihre Tochter zu einem Abendessen zwang, auf das sie offenkundig keine Lust verspürte. Andererseits hatten sie sich nur deshalb für heute verabredet, weil Liz sich ständig beschwerte, dass ihre Mutter so selten Zeit für sie hatte. Aber nun gut, Liz war vierzehn, ständig launisch und –

»Verdammt!« Oswald blickte auf seine Hose. Noch immer war sie nass, die Ingwerschnitze hatten unansehnliche bleiche Flecken hinterlassen. »Die Hose war frisch gewaschen.«

E r zerknüllte sein verschmiertes Taschentuch und stopfte es zurück in seine Hosentasche.

Auf Höhe Maybachufer geriet der Verkehr ins Stocken.

Diesmal bremste Jamina behutsam.

Mit einem zufriedenen Brummen nahm Oswald einen Schluck von seinem verbliebenen Tee. »Also?«

»Also was?«

»Was ist los mit dir?«

»Nichts.«

»Als ob!«

»Wirklich, ich —«

»Erst deine absurde Vertrautheit im Krankenhaus mit unseren Vornamen und all dem Quatsch.«

»Ich wollte nur Vertrauen schaffen.«

»Weshalb du Baffoe dann auch mit ihrem Freund gedroht hast.«

»Ihrem Zuhälter!«

»Den wir zu dem Zeitpunkt noch nicht einmal gefasst hatten«, überging Oswald ihren Einwurf. »Und den wir …« Sein Handy gab das Signal einer eintreffenden Nachricht. »Den wir nicht einmal hätten fassen müssen.«

Schlagartig kehrte Jaminas Wut zurück. »Dieser Scheißkerl hat sie fast zu Tode geprügelt.«

»Du hast sie gehört: Es war ein Unfall.«

»Das glaubst du doch selbst nicht!«

»Was ich glaube, spielt überhaupt keine Rolle.«

»Du willst also, dass er —«

»Und was ich will, noch viel weniger!« Oswald warf

einen Blick auf sein Telefon. »Aber *das* ist noch lange kein Grund, dass du ihm eine reinhaust.«

Überrascht sah Jamina ihn an.

»Was?« Er lachte freudlos auf. »Glaubst du, ich hab das vorhin nicht mitbekommen?« Dann nickte er zur Frontscheibe raus. »Na los, fahr!« Vor ihnen löste sich der Stau wieder auf.

Jamina widerstand dem Impuls, das Gaspedal durchzutreten.

»Und jetzt rast du wie eine Verrückte durch die Stadt!« Mit seinem Becher zeigte Oswald zum Straßenrand. »Halt dort an.«

»Wieso?«

»Halt einfach mal an!«

Jamina ließ den Wagen am Bordstein ausrollen. »Und jetzt?«

»Nehm ich den Roller dort.«

»So verrückt fahre ich nun wirklich nicht, dass du —«

»Nein«, während Oswald eine Nachricht auf seinem Handy tippte, trat er ins Freie, »ich hab noch eine Verabredung.« Schon stapfte er zu einem Mülleimer, in den er seinen Pappbecher entsorgte.

Auf dem Weg zum E-Scooter hob er die Hand zum Abschied.

Aber das bekam Jamina kaum noch mit. Zornig gab sie Gas.

Ich habe keine Ahnung, was dein Problem ist!

Ihre Hand fand wieder zu der Narbe am Unterarm. Dann schaltete sie das Radio ein.

Taylor Swift sang: *I'm so sick of running as fast as I can.*

Jamina hatte auf ein bisschen Ablenkung gehofft, doch schon nach wenigen Minuten nervte die Musik.

Wondering if I'd get there quicker, if I was a man.

Die Nachrichten ertrug sie ebenso wenig: Im Ukraine-Krieg wurde eine blutige Russland-Offensive erwartet. Die Galeria-Kaufhof-Kette stand erneut vor der Insolvenz. Auf dem Friedhof Lankwitz war eine Babyleiche gefunden worden, offenbar hatte man den Mörder inzwischen überführen können.

Jamina machte das Radio wieder aus.

Fast übersah sie dabei den Range Rover, der vor ihr in die Skalitzer Straße schoss.

Sie ging in die Eisen und drückte gleichzeitig die Hupe. *»Verdammt!«*

Der Fahrer blieb unbeeindruckt, schlimmer noch, er beschleunigte und fuhr über eine rote Ampel.

Um ein Haar prallte er mit einem Radfahrer zusammen.

Ein Pkw, der aus der Querstraße kam, bremste mit quietschenden Reifen.

Der Rover dagegen setzte seine Fahrt fort.

Ohne zu zögern, klemmte Jamina das Blaulicht aufs Dach. Mit Sirenengeheul nahm sie die Verfolgung auf.

SECHS

Eines Tages hatte deine Mutter endlich ein Einsehen.

Erst nahmst du an, sie hätte einen ihrer seltenen guten Tage, weil sie sich aus ihrem Bett gequält hatte und in der Küche saß, vor sich eine dampfende Tasse Tee und eine ihrer Zeitschriften, du weißt schon, die bunten Blätter, Klatsch und Tratsch, nichts weiter als leichte Lektüre.

Mehr Bilder als Text.

Als du in die Wohnung kamst, blickte sie davon auf. *»Da bist du ja endlich.«*

Ihr ungeduldiger Tonfall weckte sofort Zweifel an deiner Annahme. Deshalb wolltest du weiter in dein Zimmer, deinen Schulranzen abstellen und –

»Du wolltest doch wissen, warum Papa wirklich weggegangen ist«, hörtest du sie sagen.

Du bist weitergelaufen, weil es *das* nicht war, wonach du sie gefragt hattest. Die Antwort glaubtest du längst zu kennen.

»Aber weißt du auch, wieso er nichts mehr von dir wissen will?«

Jetzt bliebst du stehen, denn genau *darüber* hattest du dir seit Monaten schon den Kopf zerbrochen.

Nur lag jetzt wieder diese Wut in der Stimme deiner Mutter, die du inzwischen zu Genüge kanntest, und plötzlich warst du dir nicht sicher, ob du die Antwort wirklich hören wolltest.

»Er hat eine andere Frau!«, zischte deine Mutter.

Für einen Moment warst du überrascht, weil es nicht das war, was du erwartet hattest.

Aber es war auch nicht wirklich die Antwort auf deine Frage.

Als wüsste deine Mutter um deine Gedanken, schnaubte sie verächtlich. »Und weißt du was?« Kurz hielt sie inne. »Sie kriegt ein Kind von ihm!«

Das war es, was dir einmal mehr einen Stich versetzte.

»Er hat jetzt eine neue Familie!«

Der Schmerz war schlimmer als jener an dem Morgen, als Papa verschwunden war.

»Er schert sich nur noch einen Dreck um dich!«

Dass Papa die Schübe und das Geschrei deiner Mutter nicht mehr hatte ertragen können, okay, das hattest du verstanden. Aber dass er sich außerdem für eine andere Frau entschieden, noch schlimmer, dass er obendrein dich gegen ein anderes Kind ausgetauscht hatte – das konnte, nein, das wollte nicht in deinen Kopf hinein.

Und während du in dein Zimmer gingst, deinen Schulranzen ablegtest und gleich darauf zurück zur Haustür wolltest, kam dir noch eine ganz andere Frage.

Immer war Papa im Stress gewesen. Nie hatte er Zeit für dich gehabt. Jeden Abend war er auf der Couch eingeschlafen. Wann hat er die andere Frau überhaupt kennengelernt, sich mit ihr getroffen, eine neue Familie gegründet? Warum hatte er dich belogen?

»Wohin willst du?«, fragte deine Mutter.

»Zu Faye.«

»Schon wieder?«

Mit einem Mal wurde dir klar, dass sie, obwohl sie sich aus ihrem Bett gequält hatte, mitten in einem ihrer Schübe steckte und mal wieder vor Wut kochte.

Du spürtest ihren zornigen Blick und wolltest etwas sagen.

»Nein«, ließ sie dich erst gar nicht zu Wort kommen, *»geh nur!«*

»Ich –«

»Geh nur«, stieß sie hervor, *»lass du mich auch alleine!«*

Dass Papa nicht nur sie, sondern auch dich betrogen und verlassen hatte …

Er hat jetzt eine neue Familie!

… begriff sie in ihrem Selbstmitleid nicht.

Er schert sich einen Dreck um dich!

Zum ersten Mal bekamst du es auch mit der Wut.

SIEBEN

Jamina raste mit Blaulicht über die Skalitzer Straße.

Auf dem Dach ihres Passats jaulte das Martinshorn ohrenbetäubend. Trotzdem reagierten die meisten Autofahrer zu langsam.

Schon hatte der Ranger Rover ein beträchtliches Stück Vorsprung.

Gerade überholte er einen Bus. Gleich darauf scherte er abrupt wieder ein.

Er geriet ins Schlingern.

Fast sah es so aus, als würde der Fahrer die Kontrolle über den Rover verlieren, doch er behielt ihn in der Spur.

Jamina schoss ebenfalls an dem Bus vorbei und hängte sich hinter den Rover.

Wiederholt betätigte sie die Lichthupe.

Zusammen mit dem Blaulicht und dem Martinshorn war es mehr als eindeutig, doch der Fahrer vor ihr drosselte sein Tempo nicht. Im Gegenteil, für einen Moment hatte es den Anschein, als wollte er den Rover noch einmal beschleunigen.

»Verdammt!«, schrie Jamina. *»Wag es nicht!«*

Als hätte der Fahrer ihre Drohung vernommen, fuhr er rechts ran.

Auf dem Bürgersteig vor einer hell erleuchteten Taqueria standen Blumenkübel, Heizstrahler, ein Dutzend Tische, die fast alle besetzt waren.

Jamina spürte die Blicke der Gäste, als sie dicht hinter dem Rover zum Stehen kam. Sie schaltete die Sirene aus, das Blaulicht aber ließ sie an.

Wild zuckte es über die neugierigen Gesichter der Leute.

Vor sich sah Jamina den Fahrer im Rover warten.

Weil sie eine der beiden Fahrspuren blockierten, begann sich hinter ihnen der Verkehr zu stauen.

Plötzlich fragte sich Jamina, was zum Teufel sie hier eigentlich tat.

Ich habe keine Ahnung, was dein Problem ist!

Jetzt schaltete sie auch das Blaulicht aus, atmete tief durch und trat hinaus auf die Straße, in dem festen Vorhaben, dem Fahrer im Rover zu erklären, dass er seinen Fahrstil in Zukunft bitte schön etwas mäßigen sollte. Und dabei wollte sie es belassen.

Erneut holte sie Luft, dann schritt sie auf den Rover zu.

Dessen Motor lief nach wie vor.

Sie trat neben die Fahrertür.

Im gelben Licht der Straßenbeleuchtung wirkte der Fahrer wie Anfang dreißig, großgewachsen, sportlich, volles braunes Haar, leicht zerzaust, als wäre er gerade erst aufgestanden. Oder er hatte einen anstrengenden Tag hinter sich.

Jamina bedeutete ihm, die Scheibe hinunterzulassen.

Er zögerte, nur kurz, dennoch – viel zu langsam kam er ihrer Aufforderung nach. »Was ist denn?«

Seine Frage, mehr aber noch sein geringschätziger Tonfall überraschte sie. »Das wissen Sie nicht?«

»Vermutlich denken Sie, ich bin zu schnell gefahren.«

»Davon bin ich sogar überzeugt.«

»Na ja, ich bin in Eile.«

»Außerdem sind Sie über Rot gefahren.«

»Es ist doch nichts passiert.«

»Fast hätten Sie einen Radfahrer überfahren.«

»Aber nur fast.« Der Mann zuckte mit den Schultern.

Seine Dreistigkeit verschlug Jamina beinahe die Sprache.

Einer der Autofahrer, die an ihnen vorbeischlichen, hupte genervt. Über ihnen rumpelte die Hochbahn in Richtung Warschauer Straße.

In den Lärm mischte sich das Klingeln von Jaminas Handy.

»War's das jetzt?«, fragte der Mann.

»Nein«, sie zog ihr Telefon hervor und sah, dass es Pospiech war. Sie drückte seinen Anruf weg. »Bitte machen Sie den Motor aus.«

»Wozu denn das?«

»Zeigen Sie mir bitte Ihren Personalausweis, Ihren Führerschein …«

»Jetzt übertreiben Sie!«

» … und die Fahrzeugpapiere!«

»Hören Sie, junge Frau —«

»Jetzt sofort!« Schlagartig war die Wut in Jamina wieder zurück.

Junge Frau!

Was dachte er sich?

Auch seine Miene verfinsterte sich.

Etwas schlich sich in seinen Blick, das Jamina nicht behagte.

Außerdem beugte er sich beinahe unmerklich zur Seite.

Reflexartig griff Jamina zum Schulterholster. *»Keine Bewegung!«*

Trotzdem streckte er den Arm zum Beifahrersitz.

Jamina zog ihre Waffe. *»Ich sagte: Keine Bewegung!«*

Nur beiläufig bekam sie mit, wie die Leute vor der Taqueria erschrocken von ihren Plätzen sprangen.

Sie hasteten ins Restaurant oder flohen über den Bürgersteig davon.

Die Autos, die an ihr vorbeifuhren, beschleunigten, während die nachfolgenden Fahrer abrupt bremsten.

Schlagartig kam der Verkehr zum Erliegen.

Jamina hielt ihren Blick unverwandt auf den Mann im Rover gerichtet.

Irgendetwas hatte er zu fassen bekommen.

Mit ihrer Waffe zielte sie auf seine Brust. *»Hände hoch!«*

Viel zu langsam folgte er ihrem Befehl.

Sie hielt den Atem an.

Zwischen seinen Fingern hielt er eine Brieftasche.

Zischend stieß sie die Luft wieder aus. Trotzdem hielt

sie die Waffe weiterhin auf ihn gerichtet. »Steigen Sie aus.«

»Finden Sie nicht, dass Sie —«

»Ich sagte: aussteigen!«

»Das alles —«

»SOFORT!«

Langsam öffnete er die Tür.

Ohne die Waffe zu senken, trat Jamina einige Schritte zurück. »Und jetzt gehen Sie —«

»Jamina?« Oswalds Stimme hallte über die Straße.

Trotzdem wagte sie es nicht, ihren Blick von dem Mann zu lösen.

Nur aus dem Augenwinkel bekam sie mit, wie Oswald auf seinem E-Scooter heranbrauste.

»Herrgott«, mit etwas Abstand blieb er stehen, stieg ab und eilte auf sie zu, »was ist hier los?«

»Die werte Dame meint, ich sei zu schnell gefahren«, sagte der Mann.

Noch mehr Zorn kochte in Jamina hoch.

Werte Dame!

Was zum Teufel war bloß falsch mit ihm?

Sie spürte Oswalds fragenden Blick.

»Er hat sich verdächtig verhalten«, sagte sie.

»Inwiefern verdächtig?«, fragte Oswald.

»Das wüsste ich auch gerne«, erwiderte der Mann und wedelte mit seiner Hand. »Ich wollte ihr nur meine Brieftasche zeigen, dann hatte sie schon die Waffe gezückt.«

Erneut blickte Oswald sie verwundert an.

Endlich ließ sie ihre Waffe sinken.

Was Oswald offenbar falsch verstand. »Lass uns fahren.«

»Nein«, sie schüttelte den Kopf, »nein, wir –«

»Um Temposünder kümmern sich die Kollegen.«

»Aber –«

»Außerdem wurden wir zu einem Einsatz gerufen.« Oswald wartete ihre Antwort nicht ab.

Er winkte den Fahrern, die sich mit ihren Autos nach wie vor hinter ihnen stauten. Langsam rollten sie an ihnen vorbei.

Dann gab er auch dem Rover-Fahrer ein Zeichen.

Mit einem verächtlichen Blick zu Jamina stieg der Mann in seinen Wagen.

Ohne den Blinker zu setzen, raste er davon.

Jamina starrte dem Range Rover nach.

»Was ist?«, rief Oswald, der bereits zum Passat lief.

Wütend stopfte sie ihre Waffe zurück ins Holster.

»Worauf wartest du?«

Sie begab sich ebenfalls zum Wagen.

Dabei fand ihr Blick Oswalds fleckige Hose, und aus irgendeinem Grund machte der Anblick sie nur noch zorniger.

Wortlos klemmte sie sich hinters Steuer.

»Zur Gneisenaustraße.« Oswald nahm neben ihr Platz. »Es hat eine Kollegin erwischt.«

ACHT

In gewisser Weise hatte deine Mutter recht.

Einen Großteil deiner Zeit verbrachtest du mit Faye.

Keine Ahnung, was gewesen wäre, hättest du Faye nicht gehabt, morgens auf dem Weg zur Schule oder am Nachmittag, wenn ihr euch gegenseitig bei den Hausaufgaben geholfen habt. Ihr habt ein Stück Erdbeerkuchen bekommen, Musik gehört, euch in Monopoly oder andere Brettspiele verloren.

Manchmal bist du sogar bis zum Abendbrot geblieben.

Und keiner hat mit dir gemeckert, weil du das Licht mal wieder hast brennen lassen.

Bei Faye hast du dich immer wohlgefühlt.

Natürlich, auch Faye hatte ihre Launen, dann hampelte sie rastlos herum, knuffte dich in die Seiten und quietschte dabei wie wild. *»Fang mich doch, du Eierloch!«*

Das hast du dir nicht zweimal sagen lassen, und schon habt ihr getobt und geschrien, seid wie die Verrückten durch die Wohnung gerannt, über die Sofas, unter den Tisch, Fayes Hochbett hoch und runter, weil auch du ein Ventil brauchtest, um alles loszuwerden, was sich in dir anstaute – eure Anstrengungen eines Schultags, der Frust, deine Wut.

Er schert sich nur noch einen Dreck um dich!

An diesem Nachmittag aber war Faye einfach nur komisch drauf.

Sie zappelte nicht, zwackte dich nicht, sie brüllte auch nicht herum.

Stattdessen hockte sie auf ihrem Stuhl und sprach kaum ein Wort, was ihr nicht ähnlichsah, und wenn sie doch etwas sagte, dann mäkelte sie nur an den Sätzen herum, die du in dein Aufgabenheft geschrieben hast.

Mal war ihr ein Adjektiv nicht passend, mal fand sie ein Verb falsch konjugiert.

Nach einer Weile beschlich dich das Gefühl, dass es ihr dabei gar nicht mehr um die Aufgaben ging, sondern nur ums Meckern. »Ich hab doch geschrieben: *Ich gang nach Hause.*«

»Es heißt aber: *Ich ging.*«

»Ich bin gegangen.«

»Ja, das ist ja auch richtig.«

»Das andere aber auch.«

»Nein, das ist falsch!«

Du schütteltest den Kopf. »Ist es nicht.«

»Wohl!«, beharrte Faye.

»Nein!«

»Doch.«

»Ich gang!«

»Dann geh doch nach Hause!«

»Mann, bist du blöd!«, platzte es aus dir heraus.

»Kinder«, Fayes Mama schaute zur Tür herein, »was ist denn los?«

»Nichts«, murrte Faye und schlug das Heft mit einem lauten Knall zu. »Können wir jetzt Mathe machen?«

Also habt ihr euch an die Rechenaufgaben gesetzt.

Doch wann immer du versuchtest, Faye das Bruchrechnen zu erklären, reagierte sie gereizt. Nichts konntest du ihr recht machen, alles, was du sagtest, war falsch.

Ihr brauchtet eine halbe Ewigkeit, bis ihr endlich durch wart.

»Wollen wir jetzt los?«, fragtest du genervt.

»Ich hab keine Lust.«

»Ich dachte, wir wollen uns mit den anderen treffen.«

»Ich mag aber nicht.«

»Warum nicht?«

»Ach nee, lass uns was basteln.«

Dein Blick ging zum Fenster. Draußen schien die Nachmittagssonne.

Hier drinnen hatte Faye so schlimme Laune wie noch nie. Die Aussicht auf eine Balgerei mit Ken, Viola und den anderen war zweifellos verlockender.

»Du kannst ja gehen«, meinte Faye und plötzlich klang sie sehr bedrückt.

Prompt hattest du ein schlechtes Gewissen, weil du sie vorhin angeschrien hattest.

Faye war immer für dich da, sie war deine beste Freundin.

Vielleicht war sie sogar sowas wie deine *erste* Freundin und du warst *ihr* erster Freund, auch wenn ihr davon damals ganz sicher nichts hättet wissen wollen.

»Na gut«, lenktest du ein, »lass uns basteln.«

»Lieber was anderes als Lego.«

»Ein Brettspiel? Incognito?«

»Ach nee.«

»Scotland Yard?«

»Nee.«

»Monopoly?«

»Auch nicht.«

»Ja was denn dann?«

»Na gut«, seufzte sie, »Monopoly.«

Du hast das Brett aufgestellt, die Häuser sortiert, das Geld der Bank verteilt, und als ihr schließlich zu würfeln begannt, fandest du sogar Spaß daran.

Doch schon bald merktest du, dass Faye nicht richtig bei der Sache war.

Sie hockte neben dir und schien nicht recht zu wissen, was sie mit dem Geld in ihrer Hand anfangen sollte.

»Hast du keine Lust mehr?«, fragtest du.

»Lass uns was anderes spielen.«

»Wollen wir vielleicht doch noch raus und –«

»Nee.«

»Ken wollte –«

»Ken ist immer so blöd!«

»Er ist Ken Cool.«

»Und sein Name ist auch blöd!«

Zugegeben, Kens Spitzname war nicht sonderlich einfallsreich, und ja, auch in diesem Punkt hatte Faye recht – manchmal war er auch ein ziemlicher Blödian.

Aber wenn's darum ging, nach der Schule noch etwas zu unternehmen, hatte Ken immer die coolsten Ideen.

Außerdem gefiel ihm sein Name – *Ken Cool*.

Du hörtest Faye etwas murmeln.

»Was?«, fragtest du.

»Mein Papa hat 'ne neue Arbeit«, flüsterte sie bedrückt.

»Ja und?«

»Wir ziehen bald weg.«

Für einen Moment warst du dir nicht sicher, ob du sie richtig verstanden hattest. »Was soll das heißen?«

»Wir ziehen weg«, wiederholte sie.

»Wie?« Noch immer wolltest du es nicht glauben. »Ihr zieht weg?«

»Weg von hier.«

»Wohin?«

»Weg!«

NEUN

Schweigend kurvte Jamina in den Kreisverkehr am Kottbusser Tor. Neben ihr pflückte Oswald grantig an den Flecken seiner Hose.

Im Radio sang Beyonce: *There's a tornado in my city* …

Bis Oswald nicht mehr an sich halten konnte. »Und was war *das* jetzt schon wieder?«

»Was soll das heißen — *schon wieder*?«

»Du weißt genau, was ich meine.«

»Nein, ich —«

»Gottverdammt, Jamina!«

Sie nahm die dritte Ausfahrt auf den Kottbusser Damm. Dort war der Verkehr unverändert dicht. Nur langsam kamen sie voran.

… hit the basement, that shit ain't pretty …

Verärgert über ihr Schweigen schüttelte Oswald den Kopf.

Jamina setzte den Blinker und wechselte die Spur, weil vor ihnen ein Lieferwagen in zweiter Reihe parkte. »Du meintest, es hat eine Kollegin erwischt.«

Angesäuert verzog Oswald sein Gesicht. »Ja.«

»Ist sie tot?«

»Davon gehe ich aus, sonst hätte Leon mich wohl nicht angerufen.«

»Und was —«

»Denn *du«*, ließ Oswald sie nicht ausreden, »hast seinen Anruf ja vorhin weggedrückt.«

Der Vorwurf in seiner Stimme entging ihr nicht.

Aber Jamina reagierte nicht darauf, weil etwas anderes sie noch beschäftigte.

Es hat eine Kollegin erwischt.

Mit einem unguten Gefühl hielt sie an der Kreuzung Hermannplatz.

Die Leute überquerten die Straße, einige plaudernd, die meisten in ihre Handys vertieft. Noch andere betrunken oder zugedröhnt.

… rugged whiskey, 'cause we survivin'.

»Also«, Oswald schaltete das Radio aus, »vorhin schlägst du fast diesen Yılmaz nieder, jetzt wolltest du einen Mann erschießen.«

»Ich wollte ihn nicht erschießen.«

»Du hast deine Waffe auf ihn gerichtet!«

»Er hat sich verdächtig verhalten.«

»Beim Autofahren?«

»Nein, er —«

»Und wieso hast du ihn dann angehalten?«

»Weil er …« Jamina zögerte. »Weil er zu schnell gefahren ist.«

Oswald starrte sie an. »Echt jetzt?«

»Aber —«

»Echt jetzt, Jamina? Weil er zu schnell gefahren ist? Das ist alles?«

Trotzig hielt sie seinem Blick stand. »Aber darum geht es doch gar nicht.«

»Jetzt bin ich aber gespannt!«

»Er hat sich danach seltsam verhalten.«

»Danach?«

»Nachdem ich ihn angehalten habe.«

»Ja, und das nur, weil er zu schnell gefahren ist!« Oswald lachte freudlos auf. »Herrgott, Jamina, was bist du? Verkehrspolizistin?«

»Nein«, empört schüttelte sie den Kopf, »nein, aber …« Sie überlegte, doch das Einzige, was ihr einfiel, war: »Der Mann war seltsam.«

»Seltsam«, wiederholte Oswald und er klang, als zweifelte er endgültig an ihrem Verstand.

Ich habe keine Ahnung …

Und tatsächlich begann auch sie plötzlich, an sich zu zweifeln.

Die Ampel sprang auf Grün.

Während Jamina nach rechts in die Karl-Marx-Straße bog, suchte sie nach einer Erklärung, die mehr bot als – *seltsam.*

Sie dachte an die Bedrohung, die sie von dem Mann in dem Rover zu spüren geglaubt hatte.

War sie real gewesen?

Oder hatte sie sich die Gefahr nur eingebildet?

Klar, der Mann war uneinsichtig, auch seine Herablassung alles andere als angenehm gewesen, so wirklich kriminell war allerdings keines von beidem.

Die Wahrheit war: Es hatte nur mal wieder einen wunden Punkt bei ihr getroffen.

Junge Frau. Werte Dame.

Sie spürte Oswalds finsteren Blick.

Ich habe keine Ahnung, was dein Problem ist!

Wieder befühlte sie ihre Narbe am Arm.

Draußen zog die Hasenheide an ihnen vorüber, ein riesiger Park, dessen Nachtschwärze Jamina zu verschlingen drohte.

Sie widerstand dem Verlangen, schneller zu fahren.

Unterdessen begann Oswald wieder, grimmig an seiner fleckigen Hose zu zupfen.

Er hörte erst auf damit, als sie ihr Ziel erreichten.

Mehrere Streifenwagen versperrten die Zufahrt zur Gneisenaustraße, Schutzpolizeibeamte hatten Flatterband von der einen Seite bis zur anderen gespannt.

Dahinter parkten der Transporter der Spurensicherung, zwei Mannschaftswagen der Bereitschaftspolizei sowie ein halbes Dutzend weiterer Einsatzfahrzeuge.

Wenn es einen Polizisten erwischte, schreckte es alle Kollegen auf. Es lockte mehr Schaulustige als gewöhnlich an – und auch Reporter, die augenblicklich und in wilder Kakophonie ihre Fragen losschmetterten.

»Was ist …?«

»Stimmt es …?«

»Haben Sie schon …?«

Das Geschrei ignorierend bückten sich Jamina und ihr Kollege unter der Absperrung hindurch.

»Jamina!«, scholl ihnen Pospiechs Stimme entgegen. *»Benedikt!«* Er winkte sie zum Transporter der Spurensicherung, wo etliche Koffer, Kisten und Scheinwerfer aufgereiht standen. »Da seid ihr ja endlich!« Mit einem Kopfschütteln streifte er sich einen Schutzanzug über. »So ein verflixter Mist aber auch!«

Jamina folgte seinem Beispiel. »Was genau ist passiert?«

»Hat Benedikt dir das noch nicht gesagt?«

»Selbstverständlich hab ich das«, Oswald zwängte sich in einen Schutzanzug, »eine Kollegin ist tot.«

»Genau«, Pospiech nickte aufgebracht, »mal wieder.«

»Mal wieder?«

»Ist doch noch gar nicht so lange her, ihr wisst schon, der Mord an dem Kollegen in Tempelhof.«

»Du meinst – diese Sache letzten November?«

»Ja, genau!«

»Das war damals aber –« Oswald brach ab. »Wer ist denn das?«

Jamina folgte seinem verwunderten Blick zu einem sanierten Altbau.

Zwei Schutzpolizeibeamte hatten sich vor dem Eingang postiert.

Nur wenige Schritte entfernt, aber im schützenden Halbdunkel zwischen zwei Straßenlaternen, stand Ursula Buschmann, Kriminalhauptkommissarin und ihre Kollegin, mit einundsechzig obendrein die Dienstälteste im Dezernat.

Weil ihr Rheuma sie wieder plagte, hielt sie ihren Rücken gekrümmt, während sie sich mit zwei Männern unterhielt.

Der eine überraschenderweise Dezernatsleiter Dr. Salm, den es nur selten an einen Tatort verschlug – noch dazu im Freizeitdress. Er trug Jeans, ein Poloshirt und Golfschuhe. Ihm selbst schien dieser Aufzug peinlich zu sein, angesichts der versammelten Presseschar.

Noch verwunderlicher aber war die Anwesenheit des anderen Mannes – ergraut, unrasiert, blasse Haut und Augenringe, sein Mantel faltig, als hätte er die letzten

Tage oder sogar Wochen kaum geschlafen, und wenn, dann im Mantel.

Müde schien er allerdings nicht zu sein, im Gegenteil, er wirkte rastlos, besorgt, beinahe verzweifelt, so wie er dastand und von einem Fuß auf den anderen trat.

»Das ist Paul Kalkbrenner«, sagte Pospiech.

»Ja«, Oswald brummte, »das weiß ich doch, aber – was macht er hier?«

»Er war einer der ersten am Tatort.«

»Dann übernimmt *er* den Fall.«

»Nein, er kann den Fall nicht übernehmen, er ist befangen.«

»Wieso denn das?«

»Weil es *seine* Kollegin erwischt hat.« Pospiech ächzte. »Sera Muth.«

ZEHN

Faye konnte nicht wissen, was sie mit ihren Worten bei dir anrichtete, und erst recht konnte sie nichts dafür.

Wir ziehen weg. Weg von hier. Weg!

Natürlich habt ihr euch geschworen, so wie man das halt tut in solchen Situationen, dass ihr euch regelmäßig

Briefe schreibt, dass ihr miteinander telefoniert, dass ihr euch gegenseitig besucht.

Doch noch ehe sie dich schließlich in den Arm nahm und dich noch einmal zum Abschied an sich drückte, da war dir klar, dass es das letzte Mal sein würde, dass ihr euch seht.

Denn niemand durfte dich und deine Mutter besuchen, weil sie Besuch einfach nicht ertragen konnte.

Aber es kam euch ja eh keiner mehr besuchen.

Und allein hättest du die Fahrt zu Faye, fast fünfhundert Kilometer, wohl kaum angetreten. Mal abgesehen davon, dass du das Geld für einen Fahrschein nicht hattest.

Also stieg Faye an jenem Morgen in den Wagen ihrer Eltern, winkte dir noch einmal, dann fuhr sie weg.

Und während sie sich entfernte, spürtest du die Leere, die sie in dir hinterließ, die Enttäuschung und die Wut.

Du wusstest, dass Faye keinerlei Schuld trug, dass sie dich anders als Papa nicht mutwillig verlassen hatte, dennoch – sie …

… schert sich nur noch einen Dreck um dich!

Du hattest Tränen in den Augen, gleichzeitig deine Hände geballt.

Als du in eure Wohnung zurückkehrtest, hat dich

deine Mutter erwartet. *»Ist sie jetzt weg, deine kleine Freundin?«*

Du musstest an dich halten, um nicht vor ihr loszuheulen.

»Jetzt siehst du mal, wie das ist …«

Deine Fäuste waren geballt.

»… wenn man dich alleine lässt!«

ELF

Jamina streifte sich Plastikstulpen über die Schuhe, Einweghandschuhe über die Hände, klemmte sich die Maske vor Mund und Nase, dann folgte sie ihren Kollegen hinüber zu dem Altbau.

Kurz bevor sie dessen Eingang erreichten, wurde Kalkbrenner auf sie aufmerksam.

Trotz ihrer Schutzanzüge erkannte er sie auf Anhieb.

Ein Ruck ging durch seinen Körper, in sein Gesicht trat eine plötzliche Entschlossenheit, als wollte er auf sie zustürmen.

Buschmann sagte etwas zu ihm und berührte seinen Arm. Es war Dr. Salm, der sich in Bewegung setzte. »Herr von Oswald!«, rief er. »Frau Stark!«

Kalkbrenner dagegen verweilte, wenn auch mit sichtlicher Mühe, bei Buschmann. Seine Entschlossenheit wich wieder der Verzweiflung.

Weil es seine *Kollegin erwischt hat.*

»Herr von Oswald«, wiederholte der Dezernatsleiter, »Frau Stark.« Mit etwas Abstand blieb er vor ihnen stehen. »Ich gehe davon aus, man hat Sie darüber informiert, was geschehen ist.«

»Genau, das habe ich bereits getan«, ließ Pospiech wissen.

Oswald nickte und sein Schutzanzug knisterte. »Ja, Frau Muth wurde —«

»Ausgerechnet Frau Muth, eine überragende Kollegin!« Dr. Salm ächzte. »Es ist eine Tragödie!«

»Wissen wir —«

»Nein, noch wissen wir nicht, was genau geschehen ist, aber ich erwarte von Ihnen, Herr von Oswald, dass Sie und Ihr Team der Sache mit großer Gewissenhaftigkeit auf den Grund gehen.«

»Selbstverständlich werden wir —«

»Vor allem, weil jetzt, wo mit Frau Muth eine Kollegin zum Opfer wurde, natürlich auch die Presse unsere Arbeit noch aufmerksamer verfolgt.« Dr. Salms Blick ging zur Absperrung, hinter der sich immer mehr Reporter drängelten. Unmerklich straffte er seine Haltung. »Da dürfen wir uns absolut keine Fehler erlauben.«

»Natürlich, wir —«

»Apropos Presse«, Dr. Salm zupfte die Falten aus seinem Poloshirt, »ich denke, es ist an der Zeit, dass wir eine erste Stellungnahme abgeben.«

»Aber noch haben wir —«

»Machen Sie sich darüber keine Sorgen, das übernehme selbstverständlich ich.« Mit diesen Worten stapfte Dr. Salm davon.

»Selbstverständlich«, murmelte Jamina.

»Kommt ihr?« Pospiech betrat den Altbau.

Voller Unbehagen eilte Jamina ihm nach in das Gebäude.

Oswalds Blick ließ keinen Zweifel, dass er sich kaum besser fühlte.

Unterdessen erklomm Pospiech die ersten Stufen. »Vor anderthalb Stunden gab es einen Notruf«, seine Stimme hallte durch das Treppenhaus, »Nachbarn meldeten einen heftigen Streit. Schreie. Und Möbel, die zu Bruch gingen.«

»In Seras Wohnung?«, fragte Oswald.

»Ja, genau, als die gemeldete Wohnung überprüft wurde, war klar, dass es sich dabei um die von Sera handelt.« Pospiech ächzte. »So ein Mist, ehrlich!« Dann deutete er die Treppe rauf. »Seid vorsichtig!«

Zu beiden Seiten eines schmalen Pfads, den die Kriminaltechniker ausgewiesen hatten, waren Spuren markiert: Kratzer am Geländer, Dreck auf den Stufen.

Jamina glaubte sogar, Blutstropfen zu erkennen. Sie schluckte.

Eine Kollegin ist tot.

»Ihr kennt Sera, oder?«, fragte Pospiech.

»Natürlich«, erwiderte Oswald.

»Ja«, sagte Jamina, die sich nur zu gut an ihre letzte Begegnung mit Sera Muth erinnern konnte. Ein Mordfall in Potsdam. Damals hatte sie Muth als eine aufmerksame, besonnene Ermittlerin erlebt.

Die Vorstellung, dass sie jetzt –

»So ein verflixter Mist«, riss Pospiech sie aus ihren Gedanken.

»Was?«, wollte Oswald wissen.

»Na das!« Pospiech stöhnte. »Das mit Sera!«

Sie hatten die erste Etage erreicht, wo die Wohnungstür weit offenstand.

Pospiech deutete auf das gesplitterte Schloss. »Ganz offensichtlich hat sich der Mörder gewaltsam Zutritt verschafft.«

»Offensichtlich«, bestätigte Oswald.

Aber da war Pospiech bereits auf dem Weg in die Diele.

Trotz ihrer Maske roch Jamina den Duft einer Pizza.

»Sera hat sich wahrscheinlich in der Küche befunden und zu Abend gegessen«, sagte Pospiech. »Dort hat sie der Angriff überrascht.«

Über den Tischrand baumelte eine aufgeklappte Pizzaschachtel.

Die Pizza selbst, zur Hälfte vertilgt, war zu Boden geklatscht. Über die Fliesen versprengt lagen die Aberdutzenden Scherben eines Glases und einer Flasche Wasser.

»In der Küche«, fuhr Pospiech fort, »kam es wohl zu einer ersten handgreiflichen Auseinandersetzung.«

»Sieht danach aus«, meinte Oswald.

Sie passierten eine kleine Rumpelkammer, die voller Umzugskisten, Taschen und anderem Kram stand, dann das Schlafzimmer – die Decke lag aufgeworfen, unterm Bett Socken, ein Sportschuh.

»Dann«, Pospiech ging rasch weiter, »scheint Sera ins Wohnzimmer geflohen zu sein.«

Das Zimmer war mit etwa acht Metern im Quadrat überraschend geräumig – große Altbaufenster mit

Sprossen, an der hohen Decke verschnörkelter Stuck, über den Dielenbrettern ein flauschiger Teppich, darauf eine alte Couch, eine antike Stehlampe, auf einer kleinen rustikalen Kommode eine zur Hälfte herabgebrannte Kerze.

An den Wänden hingen etliche Bilder.

Einige zeigten türkische Urlaubsorte, das Meer, Strände, die Sonne.

Auf den anderen, ohne erkennbares Muster drumherum verteilt, war Sera an der Seite unterschiedlicher Menschen zu sehen, wahrscheinlich ihre Eltern, ihre Schwestern, deren Männer, deren Kinder.

Der Raum war geschmackvoll eingerichtet, gediegen und behaglich.

Durchaus ein Ort zum Wohlfühlen.

Wären da nicht Dr. Bodde, die Leiterin des Tatort- und Erkennungsdienstes, und ihr Team gewesen.

Das umgestürzte Regal, das einen Glastisch unter sich begraben und zerbrochen hatte.

Die große Blutlache daneben.

Pospiech keuchte. »Da seht ihr es!«

»Ja«, sagte Oswald, während er sich verwundert in dem Zimmer umblickte, »Blut.«

»Ja genau!

»Wo ist Sera?«

»Sie ist tot!«

»Und ihre Leiche?«

Pospiech schnaubte, als läge die Antwort auf der Hand. »Nicht mehr hier.«

»Das sehe ich«, brummte Oswald.

»Wurde sie schon der Gerichtsmedizin überstellt?«, fragte Jamina.

»Aber nein«, aufgeregt schüttelte Pospiech den Kopf, »das ist es doch, ihre Leiche hat der Mörder —«

»Ach Leon!« Buschmann tauchte im Türrahmen auf. »Ich hab dir doch gesagt …« Ihr Rücken ließ sie unter ihrem Schutzanzug zusammenzucken. Sie japste vor Schmerz. »Keine Spekulationen mehr.«

»Ja aber, wo soll Seras Leiche denn sonst hin sein?«

»Noch wissen wir gar nicht, ob sie tot ist.«

»Das viele Blut —«

»Und ob das Blut überhaupt von ihr stammt.«

»Aber Uschi, von wem denn dann?«

»Außerdem«, wieder zuckte Buschmann schmerzhaft zusammen, »ist niemandem geholfen, wenn du deswegen in Panik verfällst.«

»Aber Sera —«

»Ihr am allerwenigsten!«

Pospiech setzte zum Protest an.

»Uschi hat recht«, bemerkte Oswald.

Buschmann nickte gefällig.

»Jamina«, Pospiech sah sie an, »jetzt sag du auch mal was!«

Ihr Blick wanderte zur Blutlache. »Was wissen wir über den Täter?«

ZWÖLF

Fortan bist du allein mit dem Bus zur Schule, und ums Frühstück und deine Klamotten hast du dich eh schon seit Langem selber kümmern müssen.

Nachmittags hast du deine Hausaufgaben erledigt, so gut es eben ging, oder hast es gelassen, weil die anderen draußen schon auf dich warteten.

Manchmal seid ihr auf den Bolzplatz oder zu den Tischtennisplatten, habt dort herumgehangen, Techno gehört und Blödsinn erzählt.

An Regentagen habt ihr euch bei Amir getroffen, der aus irgendeinem Grund, den er nicht verraten wollte, seit Kurzem bei seinem Onkel lebte, der die meiste Zeit auf Montage war.

»Dem«, ätzte Amir, »ist so ziemlich alles egal.«

Ihr habt Cola und Redbull getrunken, in Massen Kartoffelchips in euch reingestopft, stundenlang Fernsehen geglotzt oder jene Zeitschriften rumgereicht, die Amir im Schlafzimmerschrank seines Onkels entdeckt hatte. Nackte Frauen und Männer, die Dinge taten, von denen ihr schon gehört hattet, die ihr aber erst jetzt in voller Pracht und Farbe bestaunen konntet.

Aus irgendeinem Grund musstest du dabei an Faye denken, und dann, am Abend, wenn du im Bett lagst, hast du – mit den Fotos vor Augen – an dir herumgespielt.

Seitdem hast du auch Viola und Melina plötzlich mit anderen Augen gesehen.

Wie genau, konntest du nicht einmal erklären, aber eben – anders.

Ken dagegen war das alles auf Dauer zu öde, er wollte nicht in einer Bude rumsitzen, er wollte lieber Spaß.

Spaß, so hat er das genannt.

Melina hatte ihre Zweifel. »Ich weiß nicht ...«

»Was denn?«, maulte Ken.

»Ich mein ja nur.«

»Ich bin dabei«, rief Viola und zwinkerte dir zu, »du doch auch, oder?«

Dir war's egal, Hauptsache du warst nicht allein.

Amir meinte: »Sollen wir zu –«

»Alter«, Ken verpasste ihm eine Kopfnuss, »was jetzt?«

»Ich dachte nur –«

Noch eine Kopfnuss, die Amir die Tränen in die Augen trieb. »Ich hab doch längst gesagt, was wir machen.«

Meist habt ihr euch zum Einkaufszentrum rübergemacht, seid dort in den Läden herumgestrolcht, habt manchmal die anderen Kinder aufgescheucht, ihren Eltern die Einkaufswagen vertauscht und die Rollatoren der Rentner zwischen der Unterwäsche versteckt.

Ihr habt euch was zu trinken geholt und Ken ließ dabei regelmäßig Kaugummis und Schokoriegel mitgehen.

Irgendwann war jeder mal dran, auch du.

Anfangs hast du dich kaum getraut, aber nach dem dritten oder vierten Mal, du hattest sogar Erdbeerkuchen mitgehen lassen, war da nur noch der Nervenkitzel, der den Diebstahl begleitete.

»Der kickt dich, oder?«, hat Viola gelacht, während sie sich an dich drückte.

Amir wollte wieder rumdiskutieren, was ihm eine Kopfnuss von Ken einbrachte.

Nur Melina zierte sich, und weil sie in der Schule inzwischen meist andere Fächer belegte, Kunst, Musik, Französisch, hing sie irgendwann lieber mit den Strebern ab, deren Eltern sie nachmittags noch in irgendwelche Kurse schleppten, wo sie Geige lernten, Theater spielten oder anderen Kram.

Ihr habt in den Wohnvierteln lieber Klingelstreiche gemacht.

Oder, was Ken noch viel besser fand: Hundehaufen in eine Zeitung gewickelt, diese angesteckt und vor die Haustür gelegt. Erst *dann* habt ihr geklingelt, seid zur nächsten Straßenecke gerannt, von der aus ihr feixend verfolgt habt, wie die Leute hektisch das Feuer austraten. Einmal hatte sogar der Lokalanzeiger über euch berichtet: *Aufgepasst: Ekelstreich!*

Danach habt ihr erst einmal eine Weile damit pausiert.

Aber da hatte Ken bereits neue Ideen, lustig, ja, auch immer gewagt und verrückt.

Ken traute sich was.

Genau das war ja gerade das Coole, er machte, was er wollte.

Immer hatte er Taschengeld.

Er schleppte den Alkohol an, Smirnoff Ice, Puschkin Red, Jägermeister.

Er hatte die Zigaretten.

Er kannte die Türsteher, die euch auf die Partys gelassen haben.

Er besaß als Erster ein Handy.

Damals waren Handys noch nicht allgegenwärtig und ihre technischen Möglichkeiten meilenweit von denen heutiger Smartphones entfernt. Damals konnte man mit den Geräten einfach nur telefonieren.

Trotzdem habt ihr euch aufgeregt um Kens Handy geschart. Denn wer ein Handy besaß, der stellte was dar, der war – eben cool.

Aber du hast den Kopf geschüttelt. »Ich krieg von meiner Mutter niemals Geld für ein Handy!«

»Alter«, Ken lachte, »vergiss deine Mutter.«

»Aber ohne die Kohle –«

»Bist du blöd?« Ken verpasste dir eine Kopfnuss.

»Aua«, hast du gestöhnt, »das tut weh.«

Schon holte Ken ein weiteres Mal aus.

»Lass ihn«, sagte Viola und rückte dichter an dich ran.

Ken verdrehte die Augen. »Alter, du kriegst ein Handy auch so!«

Du hast dir deinen Hinterkopf gerieben. »Wie soll ich –«

»Na los«, lachend stapfte Ken zum S-Bahnhof, »ich zeig's dir.«

DREIZEHN

Mit einem mulmigen Gefühl blickte Jamina auf die Blutlache.

Zumindest in diesem Punkt hatte Pospiech recht: Es war viel Blut, sehr viel Blut.

»Also viel«, sagte Buschmann, während sie sich ihren schmerzenden Rücken rieb, »wissen wir bisher nicht über den Täter.«

»Was ist mit den Nachbarn, die den Notruf gewählt haben?«, fragte Oswald. »Haben sie ihn gesehen?«

»Ihrer Aussage nach nicht.«

»Jemand anderes im Haus? Zeugen auf der Straße?«

»Die Leute werden bereits befragt.«

»Und bisher nichts?«

»Leider nein.«

»Was wissen wir überhaupt über den Täter?«, fragte Jamina.

»Ich habe gerade eben mit Paul gesprochen«, erwiderte Buschmann.

»Stimmt«, sagte Oswald, »er war der Erste am Tatort. Wieso eigentlich?«

»Er hat den Notruf mitbekommen.«

»Sonst noch was?«

»Ja«, meinte Buschmann, »er hat einen gewissen Gerry erwähnt, angeblich Seras Freund.«

»Was ist mit dem?«

»Offenbar gab es Schwierigkeiten mit ihm.«

»Was genau heißt das – *Schwierigkeiten*?«, horchte Jamina auf.

»Sie hatten wohl mehrfach Streit«, erklärte Buschmann. »Üblen Streit. Paul war dabei sogar einmal Zeuge.«

»Na also!«, stieß Pospiech hervor und lief in die Diele. »Worauf warten wir?«

»Wohin willst du?«, rief Buschmann ihm nach.

»Wohin wohl? Zu diesem Gerry!«

»Das wird schwierig.«

Verwundert blieb Pospiech stehen. »Wieso?«

»Weil wir zur Stunde noch nicht wissen, wer er überhaupt ist.«

»Aber das hast du doch gerade gesagt: *Gerry! Seras Freund!*«

»Und das ist auch schon alles, was wir über ihn wissen.«

»Ja aber, Uschi, hast du nicht gesagt, Paul kennt ihn?«

»Ich sagte, er war einmal Zeuge eines Streits zwischen Sera und diesem Gerry.«

»Ja und?«

»Was denkst du?« Buschmann zuckte mit den Schultern – ein Fehler. Sie japste vor Schmerz. »Dass er und dieser Gerry danach beste Freunde geworden sind?«

»Nein, aber …« Pospiech stutzte, weil ihm ein anderer Gedanke zu kommen schien. »Frau Dr. Bodde«, mit einem Ruck drehte er sich um. »Was ist mit den Fingerabdrücken?«

Die Kriminaltechnikerin blickte auf. »Was soll damit sein?«

»Haben Sie hier welche gefunden?«

»Natürlich«, hinter ihrer Maske war Dr. Boddes Belustigung nur zu erahnen, »wir haben sogar eine Menge Fingerabdrücke sichern können.«

»Ja und? Gab es einen Treffer in den Datenbanken?«

»Meinen Sie nicht, Herr Pospiech, das hätte ich Ihnen und Ihren Kollegen längst mitgeteilt?«

»Auch keinen Gerry oder so?«

»Nun, wer immer dieser Gerry ist, erkennungsdienstlich scheint er bisher noch nicht behandelt worden zu sein.«

»Und was ist mit dem Blut?« Pospiech deutete zur Blutlache.

»Entsprechende Proben befinden sich auf dem Weg ins

Labor«, entgegnete Dr. Bodde. »Und ja, falls das Ihre nächste Frage gewesen wäre: Die Analysen werden selbstverständlich mit Vorrang behandelt. Sobald wir wissen, von wem das Blut stammt, gebe ich Ihnen —«

Ein Handy klingelte. Sofort klopften alle im Raum ihre Schutzanzüge ab.

»Da! Unter dem Regal!« Pospiech lief los.

»Gehen Sie weg da!«, hielt ihn Dr. Bodde zurück.

Einer ihrer Kollegen spähte unter das Regal, brachte das läutende Telefon zum Vorschein und reichte es Oswald.

Jamina spähte über seine Schulter.

Annecim, stand auf dem leuchtenden Display, dazu das Foto der Anruferin – eine ältere, türkische Dame.

»Wahrscheinlich Seras Mutter«, sagte Oswald.

Das Klingeln verstummte.

Jetzt zeigte der Sperrbildschirm den verpassten Anruf, *Annecim,* vor einem Selfie von Muth mit zwei Mädchen.

Jamina erkannte die Kinder von den Wandbildern wieder.

»Leon«, Oswald steckte das Gerät in einen Beweismittelbeutel und reichte ihn Pospiech, »sorge bitte dafür, dass wir so schnell wie möglich die Anrufliste bekommen.«

»Ja aber —«

»Oder hast du etwas Besseres zu tun?«

Pospiech wollte protestieren.

»Ich erledige das«, sagte Buschmann, griff nach dem Beutel und mühte sich japsend hinaus ins Treppenhaus.

Unterdessen blickte Jamina zu dem umgestürzten Regal, das den Glastisch zerschmettert hatte.

Zwischen den Scherben lagen zerbrochene Schalen, Vasen, Deko-Blumen, mehrere zerknickte Bücher deutschsprachiger Autoren, Stuckrad-Barre, Florian Illies, Judith Zeh, Fitness- und Ernährungsratgeber, Biografien diverser Politiker, Bildbände von Berlin, Hamburg, Istanbul und anderer Städten.

Außerdem waren Zeitschriften über den Boden verstreut, kleine Kerzenhalter, die entsprechenden Teelichter, zwei Streichholzbriefchen aus einem Café namens *Ernie & Bert*, Flyer mehrerer vergangener Clubevents, Eintrittskarten für Konzerte, Peter Fox, Metallica, die Rolling Stones.

»Was ist mit der Wohnung hier?«, fragte Jamina.

Oswald nickte, als hätte er sich gerade die gleiche Frage gestellt.

Pospiech dagegen runzelte die Stirn. »Was soll hier sein?«

»Angeblich war dieser Gerry doch Seras Freund«, sagte Jamina.

»Also sollte hier doch wohl irgendetwas sein, das uns weiteren Aufschluss über diesen Gerry gibt«, fügte Oswald hinzu.

»Aber ja«, Pospiech nickte eifrig, »ihr habt recht.«

»Wir sollten mit der Durchsuchung beginnen«, meinte Oswald. »Ich nehme mir das Wohnzimmer vor, Jamina, du das Schlafzimmer.«

»Und ich?«, wollte Pospiech wissen.

»Du die Rumpelkammer.«

Pospiech wirkte wenig begeistert.

»Na los«, sagte Jamina.

Widerstrebend stapfte er in den kleinen vollgemüllten Raum.

Jamina konzentrierte sich auf das Schlafzimmer.

Über dem alten Holzbett hing ein gerahmtes Bild von Berlin.

Die Bettwäsche war aufgeworfen, als hätte Muth es nach dem Aufstehen heute Morgen eilig gehabt.

Unter der kleinen Stehleuchte auf dem rustikalen Nachttischchen lag ein weiteres Buch, in der Schublade ein Handyladekabel, Bluetooth-Kopfhörer, ein weiteres *Ernie & Bert*-Streichholzbriefchen, Taschentücher.

Der antike Kleiderschrank enthielt Muths Klamotten –
Jacken, Hosen, wenige Kleider, umso mehr Shirts,
Blusen, Hemden.

In einem Seitenfach häufte sich ihre Unterwäsche.

Die meisten BHs und Slips waren schwarz, mit Spitze
besetzt, einige hauchdünn und transparent.

Die Schublade enthielt Strumpfhosen, Strümpfe, ein
paar Socken.

Nachdenklich betrachtete Jamina die Klamotten.

Dann kehrte sie zurück ins Wohnzimmer. »Und?«

»Nichts.« Oswald wühlte sich durch den Inhalt der
Kommode – nichts als Briefe, Papiere, Kugelschreiber,
ein weiteres Ladekabel. »Und bei dir?«

»Auch nichts.«

»Kein Bild von ihrem Freund?«

»Nicht mal eine Socke.«

»Leon?«, rief Oswald.

Pospiechs Kopf erschien aus der Rumpelkammer.
»Was ist?«

»Hast du was gefunden?«

»Bisher nicht.«

»Das kann doch nicht –«, schimpfte Oswald. »In der
ganzen Wohnung ist offenbar nichts, was auf diesen
Gerry hindeutet.«

»Als wäre er noch nie hier gewesen«, sagte Jamina.

Oswald stapfte ins Treppenhaus. »Wir müssen die Nachbarn nach ihm befragen.«

»Und auch noch mal mit Paul reden«, meinte Jamina.

»Ja«, Oswald lief die Stufen hinunter, »das zuallererst.«

»Wartet«, Pospiech eilte ihnen nach, »ich komme mit.«

»Nein«, rief Oswald, »du kümmerst dich jetzt um die Nachbarn.«

VIERZEHN

Du fandest dich mit deinen Freunden am Alexanderplatz wieder.

Ihr seid die Stufen von der S-Bahn runter zur U-Bahn.

Wie immer herrschte in den weit verzweigten Gängen hektische Betriebsamkeit. Die Leute eilten kreuz und quer, ein endloses Gewimmel.

»Na los«, lachend stieg Ken in die erstbeste U-Bahn.

Kreuz und quer seid ihr mit den Bahnen durch Berlin gefahren und habt euch an den unterschiedlichsten Stationen herumgetrieben, ohne dass du wirklich verstandest, was Ken im Schilde führte.

Während ihr dann irgendwann am Halleschen Tor auf

die nächste Bahn gewartet habt, begannst du dich zu fragen, ob Ken sich nicht wieder ein Späßchen mit euch erlaubte. Oder etwas anderes im Schilde führte.

Das war nämlich die Kehrseite: Man wusste nie, was er als Nächstes ausheckte.

Und manchmal geschahen Dinge aus dem Nichts. In der einen Sekunde lachte er noch, in der nächsten drehte er durch.

Da reichte schon ein anderer Junge, ein kurzer, unachtsamer Rempler am Bahnsteig, und Ken schlug zu.

»Alter«, schrie er, »bist du blöd?«

Der Junge krümmte sich vor Schmerz.

Schon verpasste Ken ihm einen weiteren Hieb. »Hast du keine Augen?«

Heulend hing der Junge am Boden.

»Ich schlag dir —«

»Ken«, gingst du dazwischen, »hör auf.«

»Ken«, zog Viola ihn zurück, »lass doch gut sein.«

Ihr seid in die eingefahrene Bahn gestiegen, die euch in den Untergrund davontrug.

»Mann«, meinte Amir, »manchmal bist du —«

»Selber!« Ken verpasste ihm eine Kopfnuss. »So ein Spinner.« Dann lachte er los.

In solchen Momenten hast du dich immer gefragt,

woher seine ungestüme Wut bloß rührte. Die nächste Station kam in Sicht, *Mehringdamm,* und du hattest beschlossen, dass du keine Lust mehr hattest.

Denn auch das war Ken, manchmal eben – *blöd.*

Die Waggontüren gingen auf, du wolltest aussteigen.

Da zischte Viola: »Pass gut auf.« Sie stand dicht bei dir. »Jetzt gleich.«

Kurz fragtest du dich, woher sie wusste, was jetzt gleich passieren würde, als es bereits geschah.

Das Türsignal ertönte.

»Jetzt!«, sagte Ken, tat einen Satz nach vorne, schnappte der Frau, die nahe der Tür stand und mit ihrem Handy geschäftig telefonierte, das Telefon aus der Hand, und sprang hinaus auf den Bahnsteig.

Viola war ihm bereits dicht auf den Fersen.

Du hättest fast zu spät reagiert.

Gerade noch schafftest du es hinaus aus dem Waggon, da schlossen sich die Türen endgültig und die Bahn fuhr mit der verdatterten Frau davon.

»Hey, ihr!«, schrie ein Mann. *»Bleibt stehen!«*

Aus dem Augenwinkel sahst du einen Sicherheitstypen heraneilen.

»Los!«, rief Ken und rannte die Stufen hoch zum Ausgang.

Ihr seid ihm nach, über die Straße, an der Kreuzung links, dann rechts und noch mal links.

Erst im Schutz des Viktoriaparks blieb Ken endlich stehen.

Dein Herz klopfte wie wild. »Bist du bescheuert?«

»Wieso?«

»Wenn die uns erwischt hätten!«

»Alter, haben sie aber nicht. Haben sie noch nie.«

Du schütteltest den Kopf. »Das hier sind nicht mal eben Kaugummis, die wir –«

»Willst du ein Handy oder nicht?«

»Wo ist überhaupt Amir?«, fragte Viola.

»Der?« Grinsend blickte sich Ken nach ihm um. »Der hockt vermutlich noch in der Bahn.«

Für einen Moment habt ihr geschwiegen, euch angeschaut, dann konntet ihr nicht anders – ihr musstet lachen.

Dabei fand dein Blick das Handy in Kens Hand. »Darf ich mal –«

»Vergiss es, das ist meins.«

»Aber du hast doch schon eins.«

»Die verkauf ich immer, Alter, dafür krieg ich vierzig, fünfzig Mark.«

Verwirrt hast du ihn angesehen.

Alter, haben sie aber nicht. Haben sie noch nie.

Plötzlich begannst du zu begreifen, woher er immer das viele Taschengeld hatte. Und die coolen Klamotten.

»Alter«, Ken verpasste dir eine Kopfnuss, »wenn du auch eins willst, dann hol's dir!«

»Nein, das mach ich nicht.«

»Hab dich nicht so.«

»Auf keinen Fall.«

FÜNFZEHN

Jamina streifte ihren Schutzanzug ab, dann folgte sie Oswald hinaus auf die Straße.

Trotz der fortgeschrittenen Abendstunde war die Menge der Schaulustigen vor der Absperrung weiter angewachsen.

Auch Reporter waren vielzählig vertreten; sie fotografierten und filmten alles, was ihnen wichtig schien, was nicht viel war – im Grunde nur die Schutzpolizeibeamten, die die Anwohner befragten oder in den Cafés entlang der Gneisenaustraße nach Zeugen suchten.

Kalkbrenner unterdessen stand noch immer in der Nähe des Hauses, noch immer im Schatten zwischen den zwei Straßenlaternen, wo er getrieben von seiner Sorge rastlos auf- und ablief.

»Paul«, sagte Oswald.

»Und?« Als hätte er nur auf sie gewartet, eilte Kalkbrenner auf sie zu. »Wie weit seid ihr?«

Oswald wollte ihm antworten, dann aber bemerkte er die zweite Gestalt, die sich hinter Kalkbrenner aus dem Halbdunkel löste – ein Mann mit zerknitterter Bundfaltenhose, zerbeultem Jackett und ungekämmten grauen Haaren.

Einzig sein Schnurrbart war preußisch-akkurat gezwirbelt.

»Benedikt«, sagte Sebastian Berger, Krimina-hauptkommissar und Kalkbrenners Kollege, »Jamina«, er nickte ihr zu, »ich hoffe, es ist in Ordnung, dass ich hier bin.«

Kalkbrenner wartete ihre Antwort nicht ab. »Wisst ihr inzwischen, wo Sera steckt?«

»Tut mir leid«, bedauerte Oswald, »nein.«

»Aber ihr habt eine Spur von ihr?«

»Auch das leider nicht.«

»Was ist denn mit diesem Gerry?«, fragte Berger.

Jamina sah ihn an. »Kennst *du* diesen Gerry?«

»Äh«, machte Berger, »nein, Paul hatte mir nur gerade von ihm erzählt.«

»Habt ihr herausgefunden, wer er ist?«, fragte Kalkbrenner.

Jamina schüttelte den Kopf. »Über Seras Freund –«

»Ex-Freund!«, korrigierte Kalkbrenner.

»Ex-Freund?«

»Ja, das hab ich Uschi doch gesagt!«

»Also gut«, brummte Oswald, »also ihr Ex-Freund.«

»Habt ihr ihn zur Fahndung ausgeschrieben?«

»Es haben sich …«

»Habt ihr oder nicht?«

»… noch einige Fragen zu ihm ergeben.«

»Verdammt«, fluchte Kalkbrenner, »ich habe Uschi schon alles …« Der Rest seiner Worte ging in einem lauten Knall unter.

Einer der Scheinwerfer, die am Transporter der Spurensicherung aufgereiht standen, zerbarst auf dem Asphalt.

Hastig zog ein kleiner, untersetzter Mann seinen Kopf hinter die Kisten und Koffer zurück.

Berger schnaubte vergrätzt. »Ist das etwa …«

»… Sackowitz!«, grummelte Kalkbrenner.

»Herrgott«, schimpfte Oswald, »etwa dieser Reporter?«

Jamina stürmte los. *»Sackowitz!«*

Mit einem verlegenen Grinsen kam dieser zum Vorschein. »Dumm gelaufen, was?«

»Was zum Teufel machen Sie hier?«

»Ich wollte nur wissen —«

»Sie haben hier nichts zu suchen.«

»Stimmt es denn —«

»Und wie«, Jamina baute sich vor dem Reporter auf, »haben Sie es überhaupt hinter die Absperrung geschafft?«

Sackowitz ignorierte sie. »Herr Kalkbrenner«, er wollte an ihr vorbei, »ist Ihre Kollegin, Frau Muth, tatsächlich —«

»Sie verschwinden auf der Stelle!« Jamina versperrte ihm den Weg.

»Herr Kalkbrenner«, Sackowitz spähte an ihr vorbei, »gibt es schon eine —«

»Sofort!« Jamina winkte zwei Schutzpolizeibeamte herbei. »Schaffen Sie den Mann hier weg!«

Sackowitz seufzte. »Jetzt machen Sie doch —«

»Und nehmen Sie seine Personalien auf!«

»Aber —«

»Denn dafür«, sie deutete auf den kaputten Scheinwerfer, »wird er aufkommen müssen.« Sie wartete, bis Sackowitz von den Beamten weggeführt worden war, dann kehrte sie zu ihren Kollegen zurück.

»Also«, fragte Kalkbrenner, »wann schreibt ihr diesen Gerry endlich –«

»Paul«, ließ Oswald ihn nicht ausreden, »an welchem Fall habt ihr gearbeitet?«

Kalkbrenner warf seine Stirn in Falten. »Wie bitte?«

»Euer aktueller Fall!«

Kalkbrenners Miene verfinsterte sich.

»Also den«, erwiderte Berger an seiner Stelle, »haben wir vor Kurzem abgeschlossen.«

»Wozu wollt ihr das wissen?«, fragte Kalkbrenner.

Oswald ging nicht darauf ein. »Wann genau habt ihr den Fall abgeschlossen?«

»Am späten Nachmittag«, sagte Berger.

»Was tut denn das zur Sache?«, fragte Kalkbrenner.

Wieder ignorierte Oswald ihn. »Gab es möglicherweise jemanden, der sich von euch oder Sera in die Enge getrieben fühlte?«

»Nein«, sagte Berger.

»Was ist mit einem Ex-Knacki, der vielleicht sauer auf sie war?«

»Was sollen diese Fragen?«, fragte Kalkbrenner.

»Wurde Sera bedroht?«

»Ja doch, das habe ich doch gesagt, von diesem Gerry!«

»Von niemandem sonst?«

»Diesem Gerry!«

»Gab es sonst keinen?«

»Verdammt«, maulte Kalkbrenner, »hört ihr mir eigentlich nicht zu?«

»Paul«, Oswald gab seiner Stimme einen mitfühlenden Klang, »Sera ist verschwunden.«

»Sag bloß!«

»Und du weißt, was in solchen Fällen üblich ist.«

»Wenn ich euch doch sage —«

»Wir müssen jedem Verdacht nachgehen.«

»Aber —«

»Paul«, schnaubte Berger, »er hat recht.«

Grummelnd presste Kalkbrenner die Lippen aufeinander.

Natürlich wusste er, wie die Abläufe waren, welche Fragen geklärt, worauf geachtet werden musste. Und ohne Zweifel hatte er selbst genau das schon viele Hunderte Male verzweifelten Hinterbliebenen und Angehörigen erklären müssen.

Aber es war immer noch etwas anderes, wenn man selbst in der Situation steckte.

Es war Jamina, die fragte: »Und du bist dir wirklich sicher, dieser Gerry war ihr Freund?«

»Ihr Ex-Freund!«

»Ja klar.«

»Und ja«, Kalkbrenner hatte sichtlich Mühe, sich zu beherrschen, »kein Zweifel!«

»Wann hatte sie sich von ihm getrennt?«, hakte Jamina nach.

»Vor einer Weile schon.«

»Wann genau?«

»Das weiß ich nicht.«

»Und wie lange ist sie mit zusammen gewesen?«

»Auch das weiß ich nicht.«

»Aber dass sie —«

»Verdammt«, stieß Kalkbrenner hervor, »ich habe bis vor Kurzem ja nicht einmal gewusst, dass sie überhaupt einen Freund hatte!«

Jamina ließ einen Moment verstreichen. »Sie hat ihn nie erwähnt?«

»Nein, nie.«

»Warum nicht?«

»Woher soll ich das denn wissen?«

»Aber dass sie sich von ihm getrennt hat, das hat sie dir erzählt.«

»Doch nur, weil es sich nicht vermeiden ließ. Die letzten Tage hat er sie ständig angerufen, der reinste

Telefonterror, außerdem hat er sie verfolgt, ihr sogar aufgelauert.«

»Er hat sie gestalkt?«

»Der war völlig durchgeknallt. Aber auch das hab ich Uschi bereits gesagt!«

Jamina ertappte sich dabei, wie sie die Narbe an ihrem Arm hielt.

Tatsächlich war es immer das Gleiche in solchen Beziehungen: krankhafte Eifersucht, mangelnde Demut, Besitzansprüche.

»Gibt es sonst noch etwas, was du über ihn weißt?«, fragte Oswald. »Außer dass er Gerry heißt und ihr Freund gewesen ist?«

Kalkbrenner schüttelte den Kopf. »Nein, leider nicht.«

Kurz wechselten Oswald und Jamina einen Blick.

Was sowohl Kalkbrenner als auch Berger nicht entging. »Was?«, fragten sie beide.

»Wir haben ein Problem«, sagte Oswald. »Außer seinem Namen haben wir nichts von diesem Gerry.«

»Wir wissen nicht einmal, wie er aussieht«, fügte Jamina hinzu.

»Aber klar doch«, erwiderte Kalkbrenner, »groß, muskulös, rötlichblondes Haar, Dreitagebart – aber auch das habe ich Uschi alles erklärt.« Sein Blick ging die

Hausfassade hoch. »Was ist denn dort in Seras Wohnung?«

»Da sind weder Fotos noch Briefe von ihm. Nicht einmal eine Hose oder T-Shirt.«

»Das kann doch nicht sein!«

»Da ist nichts, was darauf schließen lässt, dass er sich überhaupt je dort aufgehalten hat.«

»Die beiden waren zusammen, da muss was sein! Da ist immer was!«

»Wir haben Seras Handy gefunden«, sagte Oswald.

Kalkbrenner grummelte. »Das bringt nichts!«

»Wir werden ihre Anrufliste checken.«

»Bis ihr darauf Zugriff habt, ist viel zu viel Zeit vergangen.«

»Paul, wenn sie mit diesem Gerry telefoniert hat —«

»Was ich jetzt machen würde: mit ihren Eltern reden.«

»Das haben wir vor.«

»Sofort!«

»Ja Paul, wir —«

»Die werden den Freund ihrer Tochter …«

»Paul!«

»… ja wohl kennen.«

»PAUL!«

Kalkbrenner zuckte zusammen.

»Wir machen den Job nicht zum ersten Mal«, sagte Oswald.

Mit einem Grummeln vergrub Kalkbrenner seine Hände in die Manteltaschen. »Ich mache mir nur Sorgen um Sera.«

»Das verstehe ich«, sagte Oswald, »und glaube mir, wir machen uns ebenfalls große Sorgen um sie.«

Jamina nickte. »Wir werden alles Erdenkliche unternehmen, um sie zu finden.«

SECHZEHN

Ein paar Tage später hast du es dann doch gewagt, und natürlich hast du dir dabei vor Aufregung fast in die Hosen gemacht. Es war eben etwas anderes, als im Supermarkt ein paar Kaugummis oder einen Schokoriegel zu klauen. Schlussendlich aber, das wurde dir schon bald klar, war der Nervenkitzel der Gleiche.

Ihr seid wieder runter zur U-Bahn, stiegt in eine Bahn und seid eine Weile gefahren.

Du hast derweil Ausschau nach Leuten gehalten, die mit ihren Handys telefonierten oder SMS schrieben und dabei nahe der Türen standen.

»Da«, sagtest du zu Ken, als du einen Typ im Anzug entdecktest.

»Nee, der nicht.«

»Wieso nicht?«

»Alter«, Ken klappste dir den Kopf, »weil der nicht alleine ist. Der hat Kollegen dabei.«

Also hast du weitergeguckt, bis du das ideale Opfer fandest.

Diesmal nickte Ken und Viola zwinkerte dir wieder zu.

»Aber diesmal sagt ihr mir rechtzeitig Bescheid«, meinte Amir.

Im Bahnhof gingen die Türen auf, Menschen quollen heraus, wälzten sich zu den Stufen und nach oben.

Die anderen stiegen ein.

Es dauerte einige Sekunden, bis das Türsignal ertönte.

»Jetzt!«, zischte Viola.

Schon bist du nach vorne, hast dem Typen das Telefon aus der Hand geschnappt und stürztest auf den Bahnsteig. Der Typ wollte dir nach und bekam dich sogar zu fassen.

»Alter«, blaffte Ken und verpasste ihm einen Hieb.

Auch wenn du nicht wusstest, woher seine Hemmungslosigkeit rührte, manchmal warst du froh darüber.

Denn der Typ, der dich festhielt, ließ schreiend von dir ab.

Du bist gestolpert und auf den Bahnsteig gestürzt. Ein stechender Schmerz ging durch dein Knie.

Ken wollte erneut zuschlagen.

Viola riss ihn weg. »Los, komm!«

»Du auch!«, rief Amir und riss dich im Vorbeigehen mit.

Mit dem Gerät in deiner Hand bist du wie ein Verrückter zum Ausgang gehumpelt, die Treppen hoch, an einem Dönerimbiss vorbei, raus auf die Straße, über den Bürgersteig davon.

Irgendwann hast du den Schmerz in deinem Knie nicht mehr ausgehalten.

Keuchend bist du stehengeblieben.

»Alter«, Ken verpasste dir wieder eine Kopfnuss, »krasse Scheiße.«

»Das war echt knapp«, lachte Viola und fiel dir um den Hals. »Aber cool.«

»Ich will auch ein Handy«, sagte Amir.

»Alter«, sagte Ken, »dann hol's dir doch.«

»Ohne mich«, keuchtest du und hieltest dir dein Knie, »ohne mich, ich —«

»Hallo?«, tönte da eine besorgte Stimme aus dem Handy in deiner Hand. »Wer ist denn da?«

Hastig hast du Leitung getrennt.

Alle lachten.

Und auch du musstet jetzt lachen, während der Schmerz und die Anspannung allmählich nachließen.

Viola hatte recht.

Der Nervenkitzel, der kickte.

»Scheiße«, Kens erschrockenen Schrei hörtest du zu spät, »haut ab!« Noch während er schrie, stürmte er los.

»Da!«, rief der Typ aus der U-Bahn. *»Da, das sind Sie!«*

Zwei Bullen steuerten auf euch zu.

Sofort rannte Viola in die andere Richtung davon.

Amir flitzte ebenfalls weg.

Auch du tatest einen Satz. Ein jäher Schmerz ging durch dein Knie. Dein Bein gab unter dir nach.

Heulend fielst du zu Boden und bliebst liegen.

SIEBZEHN

Mehrmals kurvte Jamina um den Block, bis sie am Görlitzer Park endlich einen Parkplatz fanden.

Dann liefen sie zur Falkensteinstraße zurück.

Inzwischen waren nur noch wenige Leute unterwegs. Eine ungewohnte Stille lag über Kreuzberg.

Der Himmel war wolkenlos, die Sterne funkelten.

In dem alten, unsanierten Reihenhaus brannte nur in wenigen Wohnungen noch Licht.

Aber kaum, dass sie geklingelt hatten, krächzte eine Stimme aus der Gegensprechanlage. »Hallo?«

»Frau Muth?«, fragte Jamina.

»Wer ist denn da?«

»Kriminalpolizei, wir müssen mit Ihnen reden.«

Es dauerte, bis der Summer ging und sie ins Treppenhaus konnten.

In der Tür zur Parterrewohnung lugte erschrocken eine ältere Frau heraus. »Worum geht es denn?«

»Dürfen wir hereinkommen?«, fragte Jamina.

»Geht es um Mergim?«

»Wen?«

»Meinen Schwager. Ich dachte, die Sache mit ihm ist längst abgeschlossen.«

»Welche Sache?«

»Es geht nicht um Mergim?«

»Nein, es geht um Sera.«

»Seray?« Augenblicklich mischte sich Sorge in die Miene der Mutter. »Was ist mit Seray?«

»Am besten«, ergriff Oswald das Wort, »wir reden drinnen weiter.«

»Was ist denn los?«, erscholl eine grimmige Stimme hinter der Mutter. Hinter ihr tauchte ein älterer Mann auf. »Wer sind Sie?«

»Sind Sie Seras Vater?«, fragte Oswald.

»Und wer sind Sie?«

»Das sind Serays Kollegen«, stieß die Mutter hervor, »sie … sie wollen mit uns über Sera reden.«

»Dürfen wir hereinkommen?«, fragte Oswald.

Für einen Moment hatte es den Anschein, als wollte der Vater verneinen. Dann jedoch deutete er ein Kopfnicken an, nur kurz, bevor er sich umdrehte und davonstapfte.

Die Mutter trat einen Schritt beiseite. »Bitte, kommen Sie.«

Jamina und ihr Kollege wollten an ihr vorbei, dem Vater nach ins Wohnzimmer.

»Ihre Schuhe, bitte.« Die Mutter zeigte auf die Plastiklatschen, die unter einer Zimmerlinde paarweise aufgereiht standen. »Bitte.«

Kurzerhand wechselten sie ihre Schuhe gegen die Latschen.

Schlurfend folgten sie der Mutter.

Das Wohnzimmer war vollgestopft mit Häkeldeckchen und goldbestickten Kissen. Am Boden stand eine

Wasserpfeife. Die goldenen Bilderrahmen an der Wand zeigten neben Aufnahmen einer Meereslandschaft unzählige Kinder.

Einige erkannte Jamina von den Bildern in Muths Wohnung wieder.

Es gab auch eine Aufnahme von Muth selbst.

Sie hockte auf einer Couch, nicht wirklich entspannt, ein gezwungenes Lächeln auf den Lippen.

Es war die Couch, auf der sich ihr Vater jetzt niedergelassen hatte. Er starrte auf einen großen modernen Plasmaschirm, auf dem eine türkische Sendung plärrte.

Er schien sie nicht ausschalten zu wollen, nicht einmal den Ton machte er leiser.

Muths Mutter hielt auffälligen Abstand, als sie sich neben ihn setzte. Mit besorgter Miene schaute sie von Jamina zu deren Kollegen. »Was ist mit Seray?«

»Es gab einen Angriff«, sagte Oswald.

Die Mutter schlug die Hände vor dem Mund zusammen.

»Jetzt ist sie verschwunden.«

»Verschwunden?«, wiederholte die Mutter, während ihre Sorge plötzlich einer Angst wich. »Wieso verschwunden?«

»Wann haben Sie Sera zuletzt gesehen?«

»Ist sie in Gefahr?«

»Bitte, wann?«

»Das … das ist schon eine Weile her.«

»Wie lange?«

»Ich …«, die Mutter stockte und ihr Blick huschte zu ihrem Mann, der unverwandt auf den TV-Schirm stierte, als ginge ihn das alles nichts an, »ich weiß nicht.«

»Versuchen Sie, sich zu erinnern.«

»Ein paar Wochen sicher.«

»Kam das öfter vor?«, fragte Jamina.

Die Mutter zögerte. »Es …«, erneut warf sie einen hastigen Blick zu ihrem Mann, »es war nicht immer einfach.«

»Haben Sie sich gestritten?«

»Nein, also … es gab unterschiedliche Meinungen.«

»Inwiefern?«

Noch ein Seitenblick, während die Mutter um Antwort rang.

»Sie lebt *ihr* Leben«, ließ sich der Vater vernehmen, ohne dass er seinen Blick vom plärrenden Fernseher löste. »*Wir* leben unseres.«

»Verstehe«, sagte Jamina und das tat sie tatsächlich. Sie spürte, wie sie wieder wütend wurde. »Das hat Sie gestört, richtig?«

Endlich sah der Vater sie an. »Ich wüsste nicht, dass Sie das was angeht.«

»Wo, Herr Muth«, Jamina wich seinem Blick nicht aus, »haben Sie sich heute den ganzen Abend über aufgehalten?«

Der Vater zog die Stirn in strenge Falten. »Was wagen Sie sich!«

»Die Fragen müssen wir Ihnen stellen«, beeilte sich Oswald, hinzuzufügen, »das ist reine Routine.« Er bedachte Jamina mit einem scharfen Blick.

Sie ignorierte ihn, fixierte weiterhin den Vater. »Also?«

»Er war hier, zu Hause«, warf die Mutter zaghaft ein.

»Trotzdem brauchen wir Ihre Fingerabdrücke.«

»Jamina«, zischte Oswald.

»Und einen DNA-Abstrich würden wir auch noch vornehmen«, fügte sie hinzu.

Der Vater funkelte sie an.

»Und jetzt«, sie deutete zum Fernseher, »machen Sie doch bitte etwas leiser.«

Widerstrebend griff der Vater zur Fernbedienung. Dann starrte er wieder auf den TV-Schirm.

Es war Oswald, der fragte: »Haben Sie Seras Freund gekannt?«

Etwas in der Miene der Mutter veränderte sich. »Nein.«

»Was ist mit Ihnen, Herr Muth?«

Der Vater schüttelte nur den Kopf.

»Sera hatte einen Freund und hat ihn Ihnen nicht vorgestellt?«

»Nein«, flüsterte die Mutter.

»Ihnen auch nicht, Herr Muth?«

Wieder nur ein Kopfschütteln.

»Hat sie ihren Freund mal erwähnt?«

»Nein«, wisperte die Mutter.

Der Vater schwieg.

»Oder den Namen Gerry fallen lassen?«

»Nein«, so die Mutter.

Vom Vater – nichts.

»Hatte Sera sich zuletzt verändert? Seltsam verhalten? Hatte sie Angst?«

»Aber …«, die Mutter stockte, »wir haben sie doch schon seit Wochen nicht mehr gesehen.«

In die beklommene Stille drang das Klingeln von Jaminas Handy.

Es war Liz.

Jamina fluchte in sich hinein, während sie den Anruf ihrer Tochter wegdrückte. »Was ist mit Seras Geschwistern? Könnten sie von Gerry wissen?«

»Ich …«, die Mutter stockte, »ich glaube nicht.«

»Sicher sind Sie sich aber nicht.«

»Doch, ja, wenn … wenn etwas mit Sera gewesen wäre, hätten sie uns ganz sicher davon erzählt.«

»Zu ihnen war Ihr Verhältnis besser«, konstatierte Jamina.

Es dauerte, bis die Mutter schließlich nickte.

Der Vater stierte zum Fernseher.

»Wir werden mit ihnen sprechen müssen«, sagte Oswald. »Und wenn Ihnen noch etwas einfällt«, er legte eine Visitenkarte auf den Tisch, »melden Sie sich bitte.« Dann stand er auf und schritt voraus in die Diele.

Auf halben Weg drehte sich Jamina noch einmal um. »Herr Muth …«

»Jamina!«, bellte Oswald.

Sie zögerte, dann folgte sie ihm in die Diele, wo sie die Schlappen gegen ihre Schuhe tauschten.

Schweigend gingen sie hinunter zur Straße.

Erst draußen meinte Oswald: »Entweder hat es diesen Gerry gar nicht gegeben …«

»Paul hat ihn gesehen!«

»… oder Sera hat ein großes Geheimnis aus ihm gemacht.«

»Wundert dich das?«, grollte Jamina und entriegelte den Passat.

Sie wollte sich hinters Steuer klemmen, als sie eine Stimme vernahm, leise und gepresst. »Warten Sie!«

Wie ein Geist huschte Muths Mutter durch das Halbdunkel.

»Da …«, ängstlich blickte sie über ihre Schulter, als erwartete sie jeden Moment ihren Mann aus den Schatten auftauchen, »da ist noch etwas, das ich Ihnen sagen muss.«

ACHTZEHN

Der Notarzt, zu dem die beiden Bullen dich fuhren, diagnostizierte deinem Knie eine Kontusion, was dir rein gar nichts sagte.

Aber das war für den Moment dein geringstes Problem.

»Also können wir ihn mitnehmen?«, wollte einer der Bullen wissen.

»Falls sie damit meinen, ob wir ihn im Krankenhaus behalten müssen«, der Arzt winkte ab, »nein, das müssen wir nicht.«

»Aber es tut höllisch weh«, gabst du zu bedenken.

»Einfach nicht belasten und kühlen«, der Arzt grinste,

als hätte er dein Ansinnen durchschaut, »außerdem mache ich dir noch eine Kompression, die du regelmäßig wechselst, das kriegst du schon hin.«

»Ich weiß nicht, ich … ich glaub nicht.«

Das Grinsen des Arztes wurde noch breiter, während er dir wie einem Kleinkind ausführlichst erklärte, wie du einen Druckverband anzulegen hättest.

Dennoch verstandest du davon nur die Hälfte, weil du ihm kaum zuhörtest, dich stattdessen die ganze Zeit fragtest, was wohl als Nächstes geschähe.

Also können wir ihn mitnehmen?

»Wohin bringen Sie mich?«, fragtest du, als du es schließlich wieder auf die Rückbank des Streifenwagens geschafft hattest.

»Nach Hause«, erwiderte der Bulle, der am Steuer saß, »zu deinen Eltern.«

»Muss das sein?«

»Nein, wir könnten dich natürlich auch gleich hier vorne an der Straßenecke absetzen und du nimmst die S-Bahn nach Hause.«

»Echt?«

»Wenn das für dich in Ordnung ist.«

»Ja klar, ich –«

»Und am besten noch ein Happy Meal dazu, ja?«, blaffte der

andere Bulle und schüttelte fassungslos den Kopf. *»Sonst noch was?«*

Mit hochrotem Kopf versankst du in die Rückbank.

Für den Rest der Fahrt hüllten sich die beiden in amüsiertes Schweigen.

Als sie in eure Straße bogen, ging die Sonne bereits unter.

»Sind deine Eltern zuhause?«, fragten sie, als sie vor eurem Haus parkten.

»Meine Mutter«, hast du hervorgepresst, während du dir mit Grauen ihre Reaktion ausmaltest.

»Was ist mit deinem Vater?«

»Der ist weg.«

»Was heißt das – weg?«

»Weg eben!«

Dein grimmiger Tonfall erübrigte jede weitere Frage.

Die Bullen drückten die Klingel, ohne dass deine Mutter reagierte.

»Sagtest du nicht, sie ist zuhause?«, fragten sie angesäuert.

»Sie ist immer zuhause.«

»Weshalb macht sie nicht auf?«

»Weil sie nie aufmacht.«

»Dann hast du doch sicher einen Schlüssel, oder?«

»Ja.«

»Warum machst *du* dann nicht auf?«

Widerstrebend hast du sie ins Haus gelassen, humpeltest voraus zum Fahrstuhl, der euch rumpelnd nach oben hievte.

In eurer Wohnung war es wie immer stockdüster.

»Hallo?« Einer der Bullen knipste das Licht an. »Ist jemand zuhause?«

»*Verdammt*«, kam die Stimme deiner Mutter aus dem Schlafzimmer, »*mach bloß das Licht aus!*«

»Hier ist die Polizei.«

»*Dann machen Sie halt das Licht aus!*«

»Wir bringen Ihnen Ihren Sohn.«

»*Soll er halt das Licht ausmachen!*«

Die Bullen sahen dich fragend an.

Achselzuckend machtest du das Licht aus.

Deine Mutter allerdings rührte sich trotzdem nicht aus dem Bett.

»Wir müssen mit Ihnen reden«, rief der andere Bulle.

»*Muss das sein?*«

»Es geht um Ihren Sohn.«

»*Mir geht's nicht gut.*«

»Es ist wichtig.«

»*Er weiß doch, dass es mir nicht gutgeht.*«

»Kommen Sie bitte!«

Es dauerte eine halbe Ewigkeit, bis sich deine Mutter ächzend und schwitzend in den Flur geschleppt hatte. Sie trug nur ihr Nachthemd, ihre Haare standen ihr wirr zu Berge, als hätte sie seit Wochen oder Monaten keine Bürste mehr benutzt. *»Was hat er denn angestellt?«*

Also erklärten die Bullen ihr, wobei du erwischt worden warst, dass es wohl nicht das erste Mal gewesen wäre, dass du einen Handy-Diebstahl begangen hättest, dass ganz offensichtlich auch deine Freunde daran beteiligt gewesen wären, über die du dich beharrlich in Schweigen hülltest.

»Und was wollen Sie jetzt von mir?«, maulte deine Mutter. *»Ich kenn die Rotzlöffel doch gar nicht!«*

Die beiden Bullen haben vielsagende Blicke getauscht, ehe sie meinten, dass du bisher noch nicht auffällig geworden warst und sie es diesmal deshalb bei einer Verwarnung belassen würden.

Kurz bevor sie gingen, appellierten sie an deine Mutter, zukünftig doch besser auf dich aufzupassen.

Fast hättest du gelacht.

Deine Mutter! Auf dich aufpassen! Als ob!

Sie ließ schweigend den Sermon über sich ergehen, nickte, obwohl jede Bewegung ihr sichtlich Schmerzen bereitete, und kaum, dass die Bullen endlich verschwunden waren, drehte sie sich zu dir um, mit einer Wendigkeit, die selbst dich überraschte. *Was hast du dir gedacht?«*

Du hast nur mit den Schultern gezuckt.

»Holst mir die Polizei ins Haus!«

Was hättest du auch großartig antworten können?

»Als hätte ich nicht schon genug zu leiden!«

Du hast geschwiegen.

»Du bist wie dein Vater!« Sie stöhnte, als schmerzte sie allein die Erinnerung an Papa. *»Du hast nur Scheiße im Kopf!«*

Das hat dich dann doch getroffen.

»Und jetzt«, sie wankte zurück ins Bett, »verschwinde auf dein Zimmer und sei leise.«

NEUNZEHN

Jamina wartete, bis Seras Mutter vor ihnen stand.

»Ich …«, diese rang um Atem, während sie ein weiteres Mal verängstigt über die Schulter blickte, »ich habe —« Erschrocken zuckte sie zusammen, als sie im Halb-dunkel eine Gestalt bemerkte.

»Frau Muth?«

Muths Mutter schüttelte den Kopf, als bereute sie es plötzlich, ihnen nachgeeilt zu sein.

Voller Panik stierte sie zu der Gestalt, die sich ihnen schnellen Schrittes näherte.

Doch als Laternenschein sie streifte, entpuppte sich die Gestalt als eine junge Frau, die es offenkundig nur eilig hatte, nach Hause zu gelangen.

Dennoch, Muths Mutter blieb angespannt, als würde sie auf der Stelle kehrtmachen und nach Hause eilen.

»Frau Muth«, beeilte sich Oswald zu sagen, »wenn Sie etwas wissen, das uns bei der Suche nach Ihrer Tochter weiterhilft, dann müssen Sie es uns verraten.«

Kopfschüttelnd wehrte die Mutter ab.

»Wahrscheinlich ist Sera in großer Gefahr«, fügte Oswald hinzu.

Entsetzt schnappte die Mutter nach Luft. »Ich …« Ihre Stimme bebte. Tränen füllten ihre Augen. Hastig wischte sie sie weg, während sie einen inneren Kampf zu führen schien.

Dann traf sie eine Entscheidung. »Ich habe … habe Ihnen vorhin nicht die ganze Wahrheit gesagt.«

»Kein Problem«, versuchte Jamina sie zu beruhigen, »dann sagen Sie uns einfach jetzt die Wahrheit.«

Wieder rang die Mutter mit sich selbst. »Ich … ich habe von Serays Freund gewusst.«

»Sie kannten ihn?«, fragte Oswald überrascht.

»Nein, nein, ich habe es nur mitbekommen, als sie … als Seray einmal mit ihm telefonierte.«

»Und er hieß Gerry?«

»Ja, so hat sie ihn genannt. Und ich glaube auch, sie hat nicht gemerkt, dass ich … dass ich es mitbekam. Das war keine Absicht, verstehen Sie? Ich wollte sie nicht belauschen oder —«

»Machen Sie sich darüber keinen Kopf«, beschwichtigte Jamina.

»Haben Sie Ihre Tochter auf diesen Gerry angesprochen?«, fragte Oswald.

»Oh nein!«, stieß die Mutter hervor, als wäre allein der Gedanke absurd. »Nein, ich —« Sie brach ab, weil ein Stück die Straße rauf zwei Typen mit einem Bullterrier auftauchten.

Außerdem begann Jaminas Handy zu klingeln. Wieder war es ihre Tochter. Sie drückte Liz' Anruf weg.

»Frau Muth«, Oswald dämpfte seine Stimme, als die beiden Typen mit ihrem hechelnden Hund vorbeischlurften, »haben Sie noch mehr mitbekommen als nur den Vornamen? Gerrys Nachnamen zum Beispiel?«

»Nein, den nicht.«

»Oder seine Adresse?«

»Auch das nicht.«

»Irgendetwas anderes«, brummte Oswald, »das uns bei der Suche nach ihm weiterhelfen könnte?«

»Ich glaube, er …«, die Mutter zögerte, offenbar unsicher, ob sie es aussprechen wollte, »er war verheiratet, er hatte Kinder, darüber haben sie auch am Telefon gesprochen.«

»Hat Sera den Namen der Ehefrau erwähnt? Die der Kinder?«

»Nein, aber … von seinem Café.«

»*Seinem* Café?«

»Er besaß ein Café. Und dort wollte sie ihn treffen. Das habe ich gehört.«

»Wie lautet der Name des Cafés?«

»Es waren sogar zwei.«

»Zwei Cafés?«, wunderte sich Oswald.

»Nein, zwei Namen, aber …«, die Mutter verkniff ihr Gesicht, während sie angestrengt nachdachte. »Nein, mir fallen sie nicht mehr ein.«

»Ernie & Bert?«, fragte Jamina.

»Ja«, die Mutter nickte erleichtert, »ja, das war der Name.«

Überrascht blickte Oswald zu Jamina.

Sie zuckte mit den Schultern. »Sera hatte Streichholzheftchen in ihrer Wohnung.«

Eine rasche Google-Suche verriet ihnen, dass sich das *Ernie & Bert* am Hackeschen Markt befand.

Mit seinem Handy entfernte sich Oswald einige Schritte und verständigte Buschmann, damit sie die Adresse des Cafés, dessen Eigentümer und seine Meldedaten überprüfte.

Beklommen sah Muths Mutter ihm nach. »Seray …«, ihre Stimme war nur ein Flüstern, »sie war nicht glücklich mit diesem Gerry.«

»Hat sie Ihnen das gesagt?«

»Nein, das … das habe ich gemerkt. So was merkt man als Mutter doch.«

»Aber darauf angesprochen haben Sie sie nicht.«

»Nein, ich –«

»Und geholfen ebenso wenig!« Jaminas Worte kamen schärfer als beabsichtigt.

Die Mutter erschrak. »Ich …«, erneut drohte sie, in Tränen auszubrechen, »ich wollte, aber …« Den Rest ihrer Worte sprach sie nicht aus. Brauchte sie auch nicht.

Jamina nickte. »Sie lebt *ihr* Leben«, zitierte sie Muths Vater, *»wir* leben unseres.«

Die Mutter atmete durch. »Nein, hören Sie, Sie müssen das verstehen –«

»Das fällt mir schwer.«

»Mein Mann meint das nicht böse.«

»Ach ja?«

»Er liebt Seray doch über alles.«

»Aber *ihr* Leben will er sie trotzdem nicht leben lassen!«

»Natürlich, er will –«

»Haben Sie ihm von Seras Freund erzählt?«

»Nein, ich –«

»Warum denn nicht?«

Das Schweigen der Mutter war Antwort genug.

Aber ihr Leben will er sie trotzdem nicht leben lassen.

Unterdessen kam Jamina ein ganz anderer Gedanke. »Und was haben Sie ihm gesagt, weshalb Sie jetzt noch einmal das Haus verlassen mussten?«

»Er ist ins Bett gegangen, gleich nachdem Sie die Wohnung verlassen haben.«

»Und wenn er noch einmal aufsteht?«

»Das macht er nie, er ist …« Die Stimme der Mutter erlahmte, als würde ihr selbst bewusstwerden, wie misslich auch ihr eigenes Leben war.

Auf der Schlesischen Straße raste ein Krankenwagen.

In dem Sirenengeheul war Seras Mutter kaum zu verstehen. »Stimmt es … «, diesmal ließ sie ihren Tränen freien Lauf, »stimmt es, was Ihr Kollege meinte?«

Jaminas Handy klingelte erneut.

»Ist Seray in großer Gefahr?«

Jamina ignorierte das Klingeln. »Frau Muth, noch —«

»Sagen Sie schon!«

Das Telefon schrillte laut in der Nacht. »Ja«, sagte Jamina, »davon müssen wir leider ausgehen.«

ZWANZIG

Die nächsten Tage habt ihr euch wieder bei Amir getroffen, dessen Onkel wie immer auf Montage war.

Meist nachmittags, manchmal aber auch schon in der Früh, weil ihr kein Bock mehr auf Schule hattet.

Dann wummerte Techno aus der Stereoanlage, am Fernseher war die Nintendo Wii angeschlossen, die Amir von seinem Onkel zum Geburtstag bekommen hatte.

Auf dem Tisch lagen Zigaretten und die Pornohefte.

Aber das alles interessierte dich nicht.

Du bist wie dein Vater!

Du rauchtest einen Glimmstängel nach dem anderen und wolltest dir mit Smirnoff Ice und Puschkin Red einfach nur deinen Frust runterspülen.

Du hast nur Scheiße im Kopf!

Irgendwann packte Ken eine Tüte mit Zigaretten aus, die komisch aussahen – seltsame Trichter mit gezwirbelten Spitzen.

»Was ist denn das?«, fragte Amir.

»Alter«, Ken verpasste ihm eine Kopfnuss, »das sind Joints.«

»Cool«, kicherte Viola, die auf der Couch neben dir hockte und gerade nach deiner Kippe greifen wollte, es aber bleiben ließ.

Als Ken einen der Joints anzündete, stieg dir ein süßer Duft in die Nase, ganz anders als der Qualm der Zigaretten, aber nicht unangenehm.

Ken reichte dir den Joint. »Hier!«

Du zögertest.

»Nun mach schon!«

Also hast du nach dem Joint gegriffen und den Rauch inhaliert.

Dem süßen Geschmack folgte ein überraschend kräftiger Hieb auf die Lunge.

In deiner Luftröhre kratzte es und du musstest husten.

Weil alle lachten, kamst du dir wie ein dummer Anfänger vor, aber dann nuckelte Amir an dem Joint und hustete ebenfalls wie verrückt, was dich beruhigte.

Nach einer Weile hattest du dich an den Geschmack gewöhnt.

Außerdem spürtest du, wie sich ein eigenartiges Gefühl in dir breitmachte, ein seltsames Kribbeln, das irgendetwas in dir auslöste – und vor allem deine Zunge löste. Sehr zu deinem Erstaunen wurdest du immer redseliger.

Wie von selbst kamen die Worte aus deinem Mund, fast so, als hätten sie nur darauf gewartet, dass du sie endlich aussprichst.

»Alter«, maulte Ken, der wieder an der Wii zockte, »was'n los mit dir? Hast du 'nen Laberflash?«

Amir lachte, womit er sich eine neue Kopfnuss einhandelte.

Vielleicht war es *das* – Amirs Stöhnen, während er sich seinen Schädel rieb.

Unvermittelt platzte alles aus dir heraus – erst die Bullen, dann dein Knie, deine Mutter, ihre Schübe und fortwährendes Geschimpfe, ihre Vorwürfe, *dein* Schmerz, Papa, der weg war, einfach, weg, *weg!*, und zu guter Letzt sogar Faye, die …

Neben dir paffte Viola, nippte währenddessen an ihrem Alcopop und hörte sich geduldig dein Gejammer an. »Mach dir nichts draus«, meinte sie schließlich.

Heftig schütteltest du den Kopf. »Wenn das so einfach wäre!«

»Ich weiß genau, wie du dich fühlst.«

Daran hattest du deine Zweifel.

»Meine Mutter ist genauso.«

»Du meinst —«

»Klar, die interessiert sich auch einen Scheiß für mich.« Viola führte ihren Alcopop zum Mund. »Weil sie sich ständig ihr Zeug spritzt. Und mein Dad, der Arsch, der hat …« Den Rest verschluckte sie, indem sie ihre Flasche mit einem grimmigen Zug leerte.

Betroffen sahst du sie an, denn *das* hattest du nicht über sie gewusst.

Andererseits: Was wusstest du überhaupt über sie, die zwar seit Jahr und Tag mit deiner Clique abhing, die auch jeden eurer Späße mitmachte, Hauptsache möglichst abgedreht, und die wie du den Nervenkitzel mochte – aber darüber hinaus?

Aus dem Augenwinkel hast du sie beobachtet.

Sie sank tiefer in die Couch, legte ihre nackten Füße

auf den Tisch und lehnte sich mit einem Seufzer an dich. »Ist schon alles kacke.«

»Ja«, sagtest du und spürtest ihre Brüste an deinem Arm.

Sie bettete ihren Kopf an deine Schulter. »Bin aber froh, dass ich dich hab.«

»Ja«, stimmtest du ihr zu und warst tatsächlich froh, dass sie jetzt an deiner Seite war, damit du dir deinen Frust von der Seele hattest reden können und weil sie dich verstand.

Lauthals lachend daddelte Ken an der Wii.

Amir war kurz auf dem Klo verschwunden.

Der Techno dröhnte, in deinem Körper wirkten der Alkohol, die Joints, dazu Violas Nähe – du begannst, dich zu entspannen.

Du spürtest ihren Blick.

Nach wie vor presste sie ihre Brüste an deinen Arm und deine Brust, ihr Atem war dir plötzlich ganz nah, eine herbe, süße Mischung aus Joints, Alcopop und noch etwas anderem.

Sie lächelte.

In deinem Magen begann es zu flattern, und du warst dir nicht sicher, aber – hatte sie nicht schon immer deine Nähe gesucht, gelacht, wenn du gelacht hast, und dir zugezwinkert, so vertraulich, als wollte sie dir zu verstehen geben, dass sie … *ja was?*

War es Absicht, dass sie gerade jetzt mit ihren nackten, rotlackierten Zehen die Pornoheftchen auf dem Tisch berührte?

Ihr Lächeln wurde noch breiter.

Wollte sie … konntest du … und wie überhaupt?

Sie bewegte ihren Kopf in deine Richtung.

Also beugtest auch du dich vor, unbeholfen zwar, weil es dein erstes Mal war, aber ja, du wolltest sie küssen.

Sie zuckte erschrocken zurück. *»Spinnst du?«*

Verstört gucktest du sie an.

»Was soll das?«

»Also, äh, ich«, stammeltest du, während sich ein Gefühl der Enttäuschung in dir breitmachte, »ich dachte …«

»Was hast du gedacht?«

»Alter!,« spottete Ken, der euch beobachtet hatte, »dir ist das wohl zu Kopf gestiegen, was?« Er schmiss dir eines der Heftchen in den Schoss.

Du bist knallrot angelaufen. »Nein, ich –«

»Du hast es ganz schön nötig, was?«

»Blödsinn!«

»Gib's ruhig zu.«

»Nee.«

»Als ob!« Höhnisch zeigte Ken auf deinen Schritt, wo sich deine Hose verräterisch wölbte.

Jetzt lachte sogar Viola.

Nur Amir, der gerade vom Klo kam, fragte: »Was ist denn los?«

»Du mal wieder!« Ken gab ihm eine Kopfnuss. »Kriegst nix mit.«

EINUNDZWANZIG

Erst im Passat nahm Jamina den Anruf ihrer Tochter entgegen. »Ich weiß, Liz, ich —«

»Ich hab dich doch extra angerufen!«

»Und ich wollte —«

»Du hast gesagt, du kommst!«

»Das hatte ich vor, Liz, aber …«

»Du wolltest kommen!«

»… dann wurde ich überraschend noch zu einem Einsatz gerufen.«

»Du wirst immer zu einem Einsatz gerufen!«

»Es tut mir leid, aber —«

»Scheiße, Mama!«

»Liz, bitte nicht in dem Tonfall!«

Woraufhin Liz in frostiges Schweigen verfiel.

Jamina unterdrückte ein Seufzen. »Ich mach das wieder gut, versprochen.«

Ihre Tochter schwieg.

»Und wenn ich nachher nach Hause komme, dann —«

»Hast du mal auf die Uhr geguckt?«

»Dann morgen oder … Liz?« Sie hatte aufgelegt, mal wieder.

Wütend startete Jamina den Wagen.

Doch während sie ihn in Richtung Warschauer Straße lenkte, wurde ihr klar, dass ihr Zorn am allerwenigsten ihrer Tochter galt.

Aber ihr Leben will er sie trotzdem nicht leben lassen.

Und plötzlich fühlte sie sich nur noch müde.

Sie bog in die Mühlenstraße.

Neben ihr gähnte Oswald. »Du willst heute noch zurück nach Potsdam?«

Bis zu ihrem Wechsel zum Berliner Morddezernat vor einem halben Jahr hatte Jamina bei der Kriminalpolizei in Potsdam gearbeitet. »Noch wohne ich dort.«

»Wolltest du dir nicht eine Wohnung in Berlin suchen?«

»Finde mal eine.«

»Irgendeine findet sich immer.«

»Außerdem geht Liz in Potsdam zur Schule, sie hat dort all ihre Freunde und –«

Oswalds Telefon klingelte. Rasch nahm er den Anruf entgegen. »Ja?«

Mit einem Gähnen fuhr Jamina über die Kreuzung am Alexanderplatz.

Links stach der Fernsehturm in den sternenklaren Nachthimmel, auf der anderen Seite erhob sich das Präsidium, nichts weiter als ein finsterer Betonklotz.

Kein Vergleich zu dem stolzen, preußisch-barocken Polizeirevier in Potsdam.

Kurz fragte sich Jamina, ob sie ihre alte Arbeitsstätte vermisste.

Dann verwarf sie den Gedanken. Sie hatte den Job in Berlin unbedingt gewollt. Er hatte eine Vielzahl neuer, interessanter Herausforderungen versprochen.

Und sie hatte gewusst, dass es nicht einfach werden würde.

»Also«, Oswald beendete das Telefonat, »die Überprüfung vom *Ernie & Bert* hat ergeben: Es läuft auf einen gewissen Gerry Michels, siebenunddreißig, ledig, keine Kinder, keine Vorstrafen, keine Geschwister, seine Eltern sind verstorben und –«

»Moment mal«, warf Jamina ein. »Ledig? Keine Kinder? Seras Mutter hat gemeint, er habe …«

»Vielleicht hat sie sich geirrt.«

»Sie hat Sera davon reden hören.«

»Oder sie hat sie falsch verstanden.« Oswald zuckte mit den Schultern. »Wie auch immer, gemeldet ist dieser Gerry unter der gleichen Adresse wie das Café.«

»Am Hackeschen Markt?«

»Das Café scheint gut zu laufen, wenn er sich dort eine Wohnung leisten kann.«

Tatsächlich entpuppte sich das *Ernie & Bert* als eines jener unzähligen In-Cafés, die weniger mit stilvollem Ambiente, mehr mit ihrem absurden Namen von sich reden machten: *Hühnchen ohne Abitur, Binh(s) anderen Laden, Das Narkosestübchen* – oder eben *Ernie & Bert*.

Durchs Schaufenster war zu sehen, dass zu dieser späten Stunde nur noch einer der Tische besetzt war – ein junges Pärchen, das seine Hände ineinander verknotet hielt, während es sich über eine flackernde Kerze hinweg anhimmelte. Es schien die beiden nicht sonderlich zu stören, dass der Kellner derweil die übrigen Tische abräumte und die Stühle draufstellte.

Er trug eine schwarze Hose, ein schwarzes Hemd, darüber eine schwarze Schürze. Er war jung, Mitte zwanzig vielleicht, etwas beleibt und dunkelhäutig.

Zweifellos nicht Gerry, sofern Kalkbrenners Beschreibung stimmte.

Aus dem Wagen heraus behielten Jamina und ihr Kollege das Café für einige Minuten im Auge.

Aber außer dem Kellner und dem verliebten Pärchen schien sich niemand sonst dort aufzuhalten.

Der Eingang zu den Wohnungen befand sich ums Eck – acht Klingelschilder, davon überraschend keines mit dem Namen Michels, eines allerdings unbeschriftet – die mittlere Wohnung in der ersten Etage.

Hinter deren Fenstern brannte kein Licht.

Jamina drückte die Klingel, einmal, zweimal, beim dritten Mal mehrere Sekunden lang.

Trotzdem reagierte niemand.

Gähnend blickte Oswald zur ersten Etage rauf. »Wenn seine Frau … Jamina?«

Sie war bereits auf dem Weg ins Café.

ZWEIUNDZWANZIG

Und dann war dein sechzehnter Geburtstag.

Von deiner Mutter hattest du nicht mehr viel erwartet.

Du bist wie dein Vater!

Weswegen du auch nicht enttäuscht wurdest, als sie sich morgens nach ein paar wenigen Worten wieder in die Dunkelheit ihres Zimmers verdrückte.

Du hast nur Scheiße im Kopf!

Die Schule hattest du inzwischen mit Ach und Krach beendet, und weil du ansonsten nicht wusstest, was du mit dir anfangen solltest, habt ihr euch meist bei Ken getroffen.

Ken war der Erste, der eine eigene Wohnung hatte.

Aber was hieß hier – *Wohnung?*

Eigentlich war's nur eine abgeranzte Bude über einer alten, seit Jahren stillgelegten Fabrikhalle, die sich wiederum in einem nicht minder herabgewirtschafteten Industriepark unweit der Wuhlheide befand.

Weil's keine Klingel gab, musstet ihr, wann immer ihr Ken besuchen wolltet, an verwitterten Backsteinmauern und rostigem Schrott vorbei, dann über alte, brüchige Stiegen nach oben.

In seiner Bude war es ständig zugig, an manchen Tagen stank es nach Öl, aber das war euch egal, weil euch niemand nervte.

Auf Kens fleckigen Sofas habt ihr Wodka gesoffen, gekifft, gelabert und gelacht.

Im Grunde war dein Geburtstag ein Tag wie jeder andere für dich, ein normaler Tag, und das war immer auch ein guter Tag.

Mit dir zufrieden hast du auf der Couch herumgelungert.

Bis Ken dir unvermittelt eine Kopfnuss verpasste. »Alter«, er lachte, »steh auf.«

»Lass das doch mal endlich sein«, hast du gemeckert und dir deinen schmerzenden Hinterkopf gerieben.

Er sprang auf dich zu und noch ehe du reagieren konntest, packte er dich in den Schwitzkasten. *»Sag du mir nicht, was ich machen soll.«*

»Aua, lass los, das tut weh.«

»Jetzt lass ihn schon«, sprang Viola dir zu Hilfe.

Lachend ließ Ken von dir ab. »Nur ein Spaß, Mann, mach dich locker.«

»Toller Spaß.« Angefressen hast du dich auf die Couch gehockt und nach dem Wodka gegriffen.

Ja, Ken war dein bester Freund, er war Ken Cool, aber er war eben auch immer laut, impulsiv und oft aggressiv.

Du hattest dir nie erklären können, woher das bei ihm rührte, und er selbst hatte kein Wort darüber verloren. Allerdings hat er auch über seine Eltern nie viel erzählt, stattdessen –

»Was ist jetzt?«, riss er dich aus deinen Gedanken.

Widerstrebend hast du zu ihm aufgeschaut.

Er stand bereits in der Tür. »Kommst du jetzt oder nicht?«

»Wohin?«

»Das ist 'ne Überraschung!«

»Und was für eine«, kicherte Viola.

»Yo«, Amir feixte, »jetzt wirst du endlich ein —«

Kens Kopfnuss brachte ihn zum Schweigen.

Die drei schleiften dich raus und die Straße zur S-Bahn entlang.

Keiner verriet ein Wort, wohin es mit dir ging.

Sie grinsten nur breit.

Auch als ihr am Gesundbrunnen ausgestiegen seid, hüllten sie sich in Schweigen.

Ihr seid die Hochstraße langgelaufen.

Inzwischen warst du dir nicht sicher, ob du überhaupt erfahren wolltest, was für eine Überraschung auf dich wartete.

Denn so viel hattest nach all den Jahren inzwischen auch begriffen: Nicht jeder von Kens Späßen war wirklich witzig.

Wie von selbst befühltest du noch einmal deinen Kopf.

Unterdessen ragte rechts die Spitze des *Holiday Inn* über die Baumwipfel eines kleinen Parks, links erhoben sich die Hügel des Humboldthains.

Dann kamen ergraute Plattenbauten, dazwischen eine Toreinfahrt.

Darüber flackerte eine Leuchtreklame. *Open 24 Stunden.* Im Hinterhof eine weitere: *Freudenhaus Hase.*

»Was ist das?«, wollest du wissen.

Ken lachte. »Kommst du jetzt oder nicht?«

»Und wie er kommt«, quiekte Viola.

»Aber nicht in die Hose!«, fügte Amir hämisch hinzu. Diesmal duckte er sich weg unter dem Schlag, den Ken ihm verpasste.

Dir dagegen wurde unbehaglich zumute, als Ken die Klingel drückte und ihm der Summer gleich darauf die Tür öffnete.

»Parterre«, meinte er nur und schubste dich ins Haus. »Happy Birthday!« Dann schlug er die Tür schnell wieder zu.

Allein standest du im Treppenhaus.

Du warst dir sicher, dass es für dich keinen Weg mehr zurückgab, weil Ken die Tür von außen garantiert zuhielt.

Außerdem erschien im Türrahmen zur Parterrewohnung eine ältere Dame – übermäßig gebräunt, übermäßig geschminkt, übermäßig faltig.

Sie trug High Heels, einen Satin-Bademantel, darunter offenbar Strapse und einen BH, der ihre Brüste zu prallen Kugeln formte.

Dein Unbehagen nahm zu.

»Hi«, sagte sie übermäßig freundlich, »du bist das Geburtskind, oder?«

Du brachtest nur ein Kopfnicken zustande.

»Ich bin Jolanda.« Sie lächelte übermäßig. »Komm herein.«

Du rührtest dich nicht vom Fleck.

»Worauf wartest du? Es beißt dich schon keiner.«

Mit klopfendem Herz folgtest du ihr in einen Flur, in dem flackerndes Kerzenlicht über nackte Frauen auf Wandbildern huschte.

Aus verborgenen Lautsprechern dudelte Musik.

Trotzdem glaubtest du, hinter einigen der geschlossenen Türen Geräusche zu vernehmen, ein Kichern, Stöhnen.

»Weißt du schon, was du möchtest?« Jolanda deutete in eine Art Wartezimmer.

Noch mehr Kerzen, noch mehr Bilder, Palmen, Musik.

Dein Herz schlug noch schneller, als du im Halbdunkel, verteilt auf mehreren roten Samtsofas, ein halbes Dutzend junger, halbnackter Frauen erkanntest.

»Oder möchtest du dich erst einmal umsehen?«

Hastig hast du den Kopf geschüttelt.

Also gab Jolanda einer der Frauen ein Zeichen.

In einer fließenden Bewegung stand diese auf und stakste auf dich zu. »Ich bin Sandy und wer bist du?«

Deine Kehle war wie zugeschnürt.

Achselzuckend nahm Sandy dich an die Hand und führte dich durch den Flur in ein Zimmer. »Alles ist möglich.«

Du kriegest kaum Luft.

»Nur nicht küssen, okay?«

Du hast genickt.

Langsam drückte sie die Tür ins Schloss und drehte sich zu dir um. »Es ist dein erstes Mal, oder?«

Du zögertest, und das war Antwort genug.

»Hab keine Angst«, sagte Sandy mit weicher Stimme, die dir tatsächlich deine Furcht nahm.

Dann ließ sie ihr durchsichtiges Kleidchen zu Boden fallen.

Nackt stand sie vor dir.

Dein Herz tat wieder einen Satz.

Sandy drückte dich aufs Bett und zog dir dein T-Shirt aus. Ihre Finger berührten deine Brust.

Du hast es widerstandslos geschehen lassen.

Sie versetzte dir einen Stoß, und du fielst rittlings aufs Bett. Für den Bruchteil einer Sekunde bäumtest du dich auf, der letzte Hauch eines Zweifels.

Sie presste dich mit den Händen zurück.

»Lass dich fallen«, sagte sie.

Du schnapptest nach Luft.

»Lass dich gehen.«

Dann ging sie in die Hocke, streifte dir mit einer Hand die Hose über die Knöchel und packte mit der anderen dein Glied.

Ihre Entschlossenheit überrollte dich.

Aber du begehrtest nicht mehr dagegen auf. Es gab keinen Grund dafür. Du wolltest es. Du wolltest es jetzt. Du ließt dich fallen.

Und Sandy fing dich auf.

Ihre Lippen schlossen sich um dein Glied. Sie saugte voller Verlangen daran. Du stöhntest und wünschtest dir, dass sie damit nicht aufhörte.

Doch als sie es tat, war es dir egal, weil sie sich neben dich aufs Bett legte und die Beine spreizte. »Komm her.«

Du brauchtest drei Anläufe, bis du das Kondom drüber hattest.

Endlich warst du in ihr drin.

Du fühltest dich, als würdest du vor Hitze verbrennen.

Keuchend presste sie dir ihr Becken entgegen, krallte sich in deinen Po. »Ja, mach weiter.«

Jäh warf sie dich ab, rollte dich auf den Rücken und setzte sich auf dich. »Das ist gut!«

Ihre Brüste hingen vor deinem Gesicht.

Du wolltest nach ihnen greifen, sie drücken und kneten.

Doch Sandy packte deine Arme, hielt dich an den Gelenken fest umschlossen, beugte sich vor und – dann küsste sie dich.

Kurz hattest du ihre Worte in deinen Ohren.

Nur nicht küssen.

Dann hattest du ihre Zunge in deinem Mund.

Du merktest, wie ihre Bewegungen immer schneller wurden. Eure Becken rieben sich aneinander, bis es für dich kein Halten mehr gab.

Du hast geschrien, als du zum Höhepunkt gekommen bist.

Langsam kamst du wieder zu Atem.

Sandy lag neben dir und lächelte dich an.

Das war der Moment, in dem es um dich geschah.

DREIUNDZWANZIG

Kaum dass Jamina das *Ernie & Bert* betrat, winkte der Kellner unwirsch ab. *»Wir schließen gleich!«*

Jamina hielt ihren Dienstausweis hoch. »Ist Gerry hier?«

»Schön wär's.« Skeptisch beäugte der Kellner den Ausweis. »Was ist denn mit ihm?«

»Wir suchen ihn.«

»Jau, ich auch.«

»Wissen Sie, wo er steckt?«

»Was glauben Sie?« Der Kellner lachte freudlos auf. »Dann würde ich ihn ja wohl nicht suchen.«

»Und wer sind Sie?«, brummte Oswald.

»Wieso wollen Sie das wissen?«

»Weil wir auf der Suche nach Gerry sind.«

»Das hab ich verstanden«, noch ein gequältes Lachen, »aber was —«

»Ihren Namen, bitte!«

»Alan.«

»Alan«, wiederholte Oswald, »Sie arbeiten hier?«

»Wow, Sie sind mir ja echte Kriminalisten.« Mit einem Ruck drehte Alan sich weg. Er klatschte in die Hände. »Jau, meine Lieben.« Er trat zu dem Pärchen an den Tisch und pustete die Kerze aus. »Ausgeturtelt! Ich will nach Hause.«

Widerstrebend lösten sich die beiden voneinander.

»Macht achtundfünfzigneunzig.« Alan klaubte eine Geldbörse aus seiner Schürze. »Und ein Trinkgeld wäre auch nicht schlecht.«

Er wartete voller Ungeduld, bis er sein Geld bekommen hatte. Dann führte er das Pärchen zur Tür, die er sofort hinter ihnen verriegelte.

Verdrossen kehrte er zurück zum Tisch und räumte die Weingläser ab. »Lange mache ich das nicht mehr mit.«

»Was machen Sie nicht mehr mit?«, wollte Oswald wissen.

»Ich kann den Laden ja nicht ständig allein schmeißen.«

»Wie lange ist Gerry denn schon weg?«

»Fast eine Woche.«

»Und was ist mit seiner Frau?«, warf Jamina ein.

»Was soll mit ihr sein?«

»Ist er verheiratet?«

»Zumindest hat er davon gesprochen.«

»Und auch, wie seine vermeintliche Frau heißt?«, hakte Oswald nach.

»Jau, Mary.«

»Und weiter?«

»Mary Michels«, lachend brachte Alan die Gläser zur Theke, »ist doch klar.«

Oswald brummte.

»Hat Gerry Kinder?«, fragte Jamina.

»Jau«, Alan nickte, »auch die hat er erwähnt.«

»Aber auch die haben sie nicht kennengelernt«, bemerkte Oswald.

»Nö, die hab ich hier noch nie gesehen.«

»Auch nicht in seiner Wohnung hier im Haus?«

»Sie meinen in der Bude da oben? Nö, da wohnen sie ganz sicher nicht.«

»Dort ist Gerry aber gemeldet.«

»Echt?«

»Und zwar ohne Frau und Kinder.«

»Jau, das wundert mich nicht«, Alan begann, die Gläser zu spülen, »denn das oben ist nur ein kleines Zimmer, in dem er manchmal übernachtet, wenn's hier unten später wird.«

»Wo wohnt er stattdessen?«

»Keine Ahnung.«

»Sie arbeiten hier, aber —«

»Ja was denn?«, maulte Alan. »Er ist mein Chef, nicht mein bester Kumpel.« Er trocknete die Gläser ab und räumte sie in das Regal hinter der Theke.

»Wie ist er als Chef denn so?«, fragte Jamina.

Achselzuckend wischte Alan die Spüle trocken. »Gestresst.«

»Hat er sich manchmal seltsam verhalten?«

»Er hat Stress.«

»Warum?«

»Weil er der Chef ist.«

»Und wie war er die letzten Tage?«

»Die letzten Tage«, Alan schlurfte wieder zum Tisch und stellte die Stühle hoch, »war er ja nicht mehr da.«

»Und davor?«

»Jau, gestresst wie immer.« Alan hielt inne. »Wollen Sie mir nicht endlich verraten, warum —«

»Haben Sie ein Foto von ihm?«, ließ Oswald ihn nicht ausreden.

»Nö.«

»Kein Selfie auf dem Handy?«

»No, so was mochte er nicht, Selfies und so.«

»Und Sie haben wirklich keine Ahnung, wo er stecken könnte?«

»Dann müsste ich ihn ja nicht suchen, oder?«

Oswald brummte. »Haben Sie ihn mal zu erreichen versucht?«

»Natürlich, aber er hat sein Telefon aus.«

»Die ganze Woche schon?«

»So schaut's aus.«

»Geben Sie uns bitte die Nummer.«

»Jau, klar, vorher würde ich jetzt aber gerne wissen, was los ist? Hat er was ausgefressen? Die Steuern nicht bezahlt? Oder …«

»Seine Nummer, bitte!«

»… hat Sie das Gesundheitsamt geschickt?«

»Die Nummer!«

Zähneknirschend nannte Alan ihnen die Telefonnummer.

Oswald mailte sie sofort an Buschmann.

»Sie haben nicht zufällig einen Schlüssel zu der Wohnung oben?«, fragte Jamina.

»Zufällig doch. Also Gerry hat einen in der Küche liegen, für den Notfall. Falls er seinen mal verliert.«

»Den brauchen wir auch.«

»Wollen Sie etwa in die Wohnung?«

»Das haben wir vor.«

»Aber da ist er ja nicht.«

»Trotzdem.«

»Ich hab da schon nachgesehen.«

»Sie waren in der Wohnung?«, fragte Oswald überrascht.

»Jau«, erwiderte Alan, »ich hab ja den Schlüssel hier.«

»Geben Sie ihn uns.«

»Aber ich sagte doch —«

»Gottverdammt!«, blaffte Oswald. *»Der Schlüssel!«*

Alan stapfte in die Küche, wo er in einer Schublade zwischen allerlei klirrendem Krimskrams wühlte, bis er den Schlüssel endlich fand.

Jamina nahm ihn entgegen. »Wo ist die Wohnung?«

»Oben halt.«

»Zeigen Sie sie uns!«

»Aber ich sag's Ihnen, er ist da nicht.«

»Geht's *dort* ins Treppenhaus?« Oswald deutete auf eine Tür. »Dann los!«

Widerstrebend entriegelte Alan die Tür und führte sie in die erste Etage, in der sich drei Wohnungen befanden, eine rechts, eine links.

Das Klingelschild neben der mittleren Tür besaß keinen Namen.

Jamina streifte sich Handschuhe über und klingelte.

Alan lachte. »Ich hab's Ihnen gesagt …«

Auch Oswald zog Handschuhe an, dann klopfte er gegen die Tür.

»… es ist keiner da.«

Jamina nahm den Schlüssel und öffnete die Tür. »Hallo?«

Lachend schüttelte Alan den Kopf.

»Ist jemand da?«

Nichts.

Oswald machte das Licht an und lief in den kurzen schmalen Flur, von wo er einen Blick ins leere Badezimmer warf.

Alan wollte ihm folgen.

»Sie bleiben bitte draußen!«, wies Jamina ihn an und überzeugte sich in der winzigen Wohnküche davon, dass niemand anwesend war.

Während Oswald die Spurensicherung verständigte, durchsuchte Jamina die Küchenschränke.

Sie fand Töpfe, Gläser, Besteck, den üblichen Haushaltsbedarf, Kaffee, Tee, eine Packung Nudeln, Tomatensauce, Müsli, im Kühlschrank Milch, eine angebrochene Packung Orangensaft, Käse, der sich in der Plastikpackung bereits wellte.

Im Kleiderschrank Bettwäsche, Kissen, Decken, ein Hemd, zwei Shirts, Unterhosen, Socken, ein Paar Sneakers, die üblichen Sachen zum Wechseln in einer Zweitwohnung.

Nur ein kleines Zimmer, in dem Gerry übernachtet, wenn's hier unten mal wieder später wird.

Darüber hinaus gab es nichts Persönliches von ihm, keine Bilder, keine Briefe oder einen Mietvertrag, Versicherungspolicen oder dergleichen.

Und nichts, was auf die Existenz einer Ehefrau und Kinder hinwies, weder Kleider und Slips noch Spielzeug oder Bilderbücher.

»Kommt dir das nicht seltsam vor?«, fragte Jamina.

»Natürlich«, Oswald gähnte, »aber was sollen wir jetzt tun?«

Das fragte sie sich auch.

»Ich denke«, sagte Oswald »wir sollten uns jetzt schlafen legen.«

Auch Jamina spürte die Erschöpfung. »Aber —«

»Dieser Gerry ist zur Fahndung ausgeschrieben. Alle Kollegen in der Stadt sind alarmiert. Sie halten Ausschau nach ihm – und nach Sera.«

Jamina schüttelte den Kopf.

»Herrgott, mehr können wir im Augenblick eh nicht

tun. Und Sera ist nicht geholfen, wenn wir nachlässig werden, Details übersehen, Fehler machen. Auch wir brauchen Schlaf.«

VIERUNDZWANZIG

Am nächsten Tag wollten deine Freunde erst zu Ken was kiffen, danach ins Kino.

Irgendein Horror-Streifen lief, von dem alle Welt sprach.

Du dagegen hast ihnen erklärt, dass du nicht könntest, weil du zum Frühstück irgendetwas Verdorbenes gegessen hättest. Du würdest nur noch auf dem Klo hängen und in deinem Magen ging es dir hoch und runter.

Was nicht einmal gelogen war.

Dein Magen rumorte tatsächlich in einem fort, außerdem hattest du die ganze Nacht kaum geschlafen.

Du hattest nur eines im Kopf gehabt.

Deshalb bist du am Nachmittag wieder zum *Freudenhaus Hase* gefahren.

Da standest du jetzt vor der Toreinfahrt und fragtest dich, was zum Teufel du dir dabei gedacht hattest.

Du wolltest dich bereits wieder abwenden, als die Tür aufging.

Jolanda trippelte auf ihren Heels heraus.

»Na«, sie erkannte dich auf Anhieb wieder, »hat dir gestern Abend wohl gefallen, was?«

Plötzlich kamst du dir nur noch albern vor.

Amüsiert steckte sich Jolanda eine Zigarette an. »Kannst gern reinkommen, wir haben schon offen.«

Du schlucktest verlegen.

»Du kennst ja jetzt den Weg.«

»Ist Sandy da?«, hörtest du dich fragen.

Jolanda nahm einen Zug. »Nein, noch nicht.«

»Wann kommt sie denn?«

»Wenn du's so eilig hast«, mit der Spitze ihres Glimmstängels deutete Jolanda ins Treppenhaus, »wir haben auch noch andere nette Mädels.«

»Nee, ich möchte zu Sandy.«

»Wie gesagt, die ist noch nicht da.«

»Und wann kommt sie?«

»Später.« Achselzuckend zog Jolanda an ihrer Kippe.

Du hast gezögert, Luft geholt, all deinen Mut zusammengenommen. »Kann ich Sandy anrufen?«

Jolanda runzelte die Stirn. »Wie bitte?«

»Kann ich ihre Telefonnummer haben?«

»Ich glaube«, sie musterte dich abschätzig, »da hast du was missverstanden.«

Da warst du dir nicht so sicher, und das wolltest du ihr auch sagen, als du sahst, wie am Bordstein ein Daimler hielt. Sandy trat ins Freie, in Lederjacke, Jogginghose, Sneakers, noch ungeschminkt und unfrisiert, trotzdem – oder gerade deshalb – sah sie hinreißend aus.

Und sie lächelte.

»Sandy«, hast du gerufen und bist ihr sofort entgegengelaufen.

Ihr Lächeln erstarb ebenso rasch. »Was willst du denn?«

»Ich … ich wollte dich sehen.«

Sie nickte zur Toreinfahrt. »Dann komm rein und –«

»Nein, nicht da«, hast du sie unterbrochen.

»Ich mach keine Hausbesuche.«

»Nein, das meinte ich nicht.«

»Was denn dann?«

»Vielleicht können wir … also, ich dachte«, du rangst um Worte, »mal was trinken gehen. Magst du?«

Sie musterte dich überrascht. Dann lachte sie los.

Was dich verwirrte. »Sandy, wenn du möchtest –«

»Hey, Baby«, ein kantiger, glatzköpfiger Kerl stieg aus dem Daimler, »ist alles in Ordnung?«

Sandy winkte ab. »Ja klar.«

»Nervt dich der Typ?«

»Nee, ist schon okay.« Sandy hielt ihren Blick auf dich gerichtet. »Hör mal, keine Ahnung, was du dir einbildest, aber besser, du verschwindest jetzt!«

Du schütteltest empört den Kopf. »Aber —«

»Hey«, der Glatzkopf stapfte auf dich zu, er war riesig und muskulös, »du hast sie gehört: *Verpiss dich!*«

Hilfesuchend ging dein Blick zu Sandy.

Sie dagegen war bereits auf dem Weg ins Haus und wirkte dabei, als hätte sie die Flucht vor diesem Glatzkopf ergriffen.

Was dich nicht einmal überraschte, denn ja, dieser Grobian war ihr Zuhälter.

Sie hatte Angst vor ihm.

Keine Ahnung, was du dir einbildest …

Denn verdammt, du hattest dir keineswegs etwas eingebildet.

Sandy hatte gelächelt und …

Nur nicht küssen, okay?

… sie hatte dich sogar geküsst.

Geküsst!

Unter dem grimmigen Blick des Glatzkopfes suchtest du das Weite, aber nur bis zur übernächsten Straßenecke, wo du dir die Zeit ungeduldig bis zum Abend vertrieben hast.

Dann kehrtest du zurück und drücktest dich in die Schatten der Hauseingänge gegenüber.

Noch einmal musstest du eine halbe Ewigkeit warten.

Aber du *hast* gewartet, Minute um Minute, Stunde um Stunde, nur ein Ziel vor Augen.

Kurz vor Mitternacht trat Sandy endlich ins Freie.

Dein Herz klopfte sofort.

Noch ehe sie zur Toreinfahrt raus war, bist du über die Straße gerannt. »Sandy!«

Wie angewurzelt blieb sie stehen. »Bist du be-scheuert?«

»Ich weiß, dass dieser Kerl …«

»Du tickst doch nicht richtig!«

»… dich unter Druck setzt, aber …«

»Verschwinde!«

»Nein, hör mir zu, ich kann dir –« Weiter kamst du nicht.

Wie aus dem Nichts stand der Glatzkopf plötzlich hinter dir. Er packte dich am Nacken und schleuderte dich von Sandy weg.

Du pralltest gegen die Hauswand. Mit einem Keuchen entwich alle Luft aus deinen Lungen.

Noch ehe du überhaupt reagieren konntest, war er wieder bei dir.

Seine Hand krachte in deinen Magen. Wie ein Sack klapptest du japsend zusammen.

Schon traf dich seine Faust ins Gesicht.

Du sacktest zu Boden, kauertest auf allen vieren, würgend und hustend.

Der Glatzkopf kniete sich neben dich, riss dir deinen Kopf an den Haaren hoch, sodass du dachtest, dein Schädel würde explodieren.

Wimmernd hingst du vor seiner feisten Nase. Seine Augen loderten vor Zorn. *Lass dich nie wieder hier blicken!*«

Mit einem Ruck warf er deinen Kopf hinunter.

Mit der Schläfe krachtest du hart auf die Pflastersteine.

Diesmal explodierte dein Schädel tatsächlich.

Nur weit entfernt hörtest du, wie Schritte sich entfernten.

Minutenlang hast du heulend am Boden gelegen, vielleicht auch für Stunden.

Irgendwann hast du dich aufgerappelt, dich zur S-Bahn geschleppt.

Auf halber Strecke musstest du dich übergeben.

Keine Ahnung, wie du nach Hause gekommen bist.

Dort wanktest du ins Badezimmer, wolltest dich im Spiegel betrachten. Aber dir wurde schwindelig. Wieder hast du dich erbrochen.

»Was ist los?«, hörtest du deine Mutter fragen.

Das Zimmer begann sich immer schneller um dich zu drehen.

Nur am Rande hast du mitbekommen, wie sie im Türrahmen auftauchte. *»Hast du wieder Scheiße gebaut?«*

Noch einmal hast du gekotzt, aber es kam nur noch bittere Magensäure.

»Das hast du davon!«

Aber das hast du kaum noch verstanden. Du bist zu Boden gefallen.

Dann erfasste auch dich die Dunkelheit.

FÜNFUNDZWANZIG

Sie schreit, weil kochend heißes Wasser ihr den Arm verbrüht.

»Stell dich nicht so an!«, brüllt ihr Freund und schleudert den leeren Kochtopf von sich.

Mit einem ohrenbetäubenden Scheppern landet er in der Ecke.

Durch ihre Tränen sieht sie viel zu spät seine Faust, die auf sie zurast.

Mit voller Wucht kracht sie ihr auf die Brust.

Wieder scheppert es laut.

Um Atem ringend sackt sie auf die Knie und –

Jamina erwachte. Entsetzt schnappte sie nach Luft. Ihr Herz schlug wild.

Für einen Moment glaubte sie, wieder die schrecklichen Schmerzen zu spüren – die verbrannte Haut, ihre gebrochenen Rippen, die Platzwunde an ihrer Stirn.

Sogar das Scheppern war noch in ihren Ohren.

Bis sie begriff, dass es nur ihr Handy war, das unaufhörlich klingelte.

Und dass sie in ihrem Schlafzimmer lag, natürlich allein und unversehrt, denn alles war nur ein Traum gewesen. Ein Albtraum, der sie seit Jahren nicht losließ.

Ich habe keine Ahnung …

Sie verdrängte den Gedanken und die Erinnerung, und während sie nach ihrem klingelnden Handy tastete, vermied sie auch einen Blick zur hässlichen Narbenwulst auf ihrem Unterarm.

Als sie das Telefon endlich zu fassen bekam, verstummte es.

Mit einem Seufzer blinzelte sie auf den leuchtenden Sperrbildschirm.

Es war Buschmann gewesen, die angerufen hatte.

Jamina wollte ihre Kollegin zurückrufen, aber in der gleichen Sekunde schepperte es laut in der Küche.

»Scheiße!«, fluchte Liz. *»Scheiße, Scheiße!«*

Sofort sprang Jamina aus dem Bett und hastete nach nebenan. »Was ist passiert?«

»Scheiße, nichts«, zischte Liz, die barfuß im Pyjama auf den Fliesen hockte und die Scherben einer Tasse zusammenklaubte, »nichts.«

Jamina kniete sich neben sie. »Vorsicht, du …«

»Ich mach das schon!«

»… schneidest dich.« Jamina griff nach einem spitzen Splitter, in den Liz mit ihrem nackten Fuß zu treten drohte.

»Danke«, murrte Liz.

Gemeinsam lasen sie die Scherben vom Boden auf und entsorgten sie in den Mülleimer.

Dann holte Jamina den Staubsauger aus der Abstellkammer.

»Ich mach das«, meinte Liz.

»Ach was, ich —«

»Nein, brauchst du nicht.«

»Ich kann das doch –«

»Du musst kein schlechtes Gewissen haben.«

Ich hab kein schlechtes Gewissen, lag es Jamina auf der Zunge, aber dann schluckte sie ihre Worte hinunter, weil ihr klar wurde, dass sie genau *das* hatte – ein schlechtes Gewissen!

Liz nahm ihr den Staubsauger aus der Hand.

Unterdessen trat Jamina vor die Kaffeemaschine und füllte sie mit Wasser. »War das deine Lieblingstasse?«

»Ja.«

»Sicher gibt's die irgendwo neu.«

»Gibt es nicht!« Liz steckte das Kabel in die Steckdose.

»Ich kann ja mal in Berlin gucken, da …« Den Rest von Jaminas Worten verschluckte der lärmende Staubsauger.

Also wartete sie, bis der Kaffee endlich durch war, schenkte sich eine Tasse voll, gab Milch dazu, etwas Zucker und lehnte sich an die Anrichte.

Die Sonne schien durchs Küchenfenster, der Himmel war wieder wolkenlos und versprach einen weiteren prächtigen Frühlingstag.

Liz räumte den Staubsauger weg, nahm sich eine neue Tasse aus dem Schrank, kippte Milch hinein und wollte damit ins Badezimmer.

»Liz«, rief Jamina, »wegen gestern Abend –«

»Ist schon okay.«

»Es tut mir leid, dass du umsonst auf mich —«

»Es ist okay!«

»Wirklich?«

»Ja, Mama, wirklich.«

»Trotzdem, ich sollte mich nicht verabreden, während ich Dienst habe. Das war blöd von mir.«

Liz zögerte. »Ja, das war's.« Dann stapfte sie ins Bad.

»Wollen wir wenigstens noch gemeinsam frühstücken?«, rief Jamina ihr nach.

Es dauerte erneut, bis ihre Tochter reagierte. »Von mir aus.« Dann machte sie die Tür hinter sich zu.

Ist schon okay.

Halbwegs erleichtert begann Jamina, den Tisch zu decken.

Bis ihr Handy läutete.

Es war Buschmann. »Guten Morgen, Uschi.«

»Morgen, Jamina«, meldete sich ihre Kollegin, »wir haben die Anrufliste von Seras Telefon bekommen.«

Eine gute Nachricht, fand Jamina. »Aber was ist mit der Nummer, die uns der Kellner im *Ernie & Bert* gestern Abend gegeben hat?«

»Sie läuft auf Gerry Michels …«

»Wenig überraschend.«

»… und ist auf seine Adresse am Hackeschen Markt gemeldet, die über seinem Café.«

»Verdammt, das hilft uns nicht weiter, da wohnt er ja nicht.«

»Aber pass auf: Mit *dieser* Nummer hat Sera in den zurückliegenden Wochen und Monaten ständig telefoniert, zuletzt immer häufiger.«

»Ja, Uschi …«

»In den letzten Tagen fast stündlich.«

»… auch das bringt uns nicht weiter, wir wissen, dass er Sera zuletzt gestalkt hat.«

»Richtig, aber in seinem, nun, in seinem Wahn ist ihm dabei wohl ein grober Fehler unterlaufen. Einmal hat er Sera nämlich von einer anderen Handynummer angerufen.«

»Er hatte ein zweites Handy?«

»Wahrscheinlich für privat. Das andere war wohl dienstlich.«

»Oder für seine Affäre mit Sera.«

»Wie auch immer, der andere Anschluss ist gemeldet auf Gerry Michels in der Rosenthaler Straße 24.«

»Das ist nicht weit vom Hackeschen Markt.«

»Ja«, sagte Buschmann, »Benedikt ist bereits auf dem Weg dorthin.«

»Ich mach mich auch gleich los.« Jamina erhob sich vom Stuhl.

In der Diele stand ihre Tochter.

Wollen wir noch gemeinsam frühstücken?

»Tut mir leid«, sagte Jamina.

Seufzend verdrehte Liz die Augen.

SECHSUNDZWANZIG

Als du erwacht bist, lagst du im Krankenhausbett.

Erst warst du dir nicht sicher, was du dort überhaupt zu suchen hattest.

Du bewegtest deinen Kopf.

Das schmerzhafte Pochen, das augenblicklich einsetzte, erinnerte dich daran, was passiert war.

Das hast du davon!

Trotzdem versuchtest du, dich zu bewegen. Jetzt durchzuckte ein scharfer Schmerz deinen Magen.

Mit einem Ächzen hast du dich aufs Bett zurücksinken lassen.

Vorsichtig schautest du dich um.

Rechts neben dir schnarchte ein alter, ergrauter Mann mit offenem, leeren Mund. Sein Gebiss schwamm in einem trüben Wasserglas auf dem Tischchen neben ihm.

Auf der anderen Seite stierte ein zweiter Greis grimmig zum Fenster raus.

Das weiße Krankenzimmer, die beiden Opas, das Gebiss in dem Glas, das alles kam dir unwirklich vor.

Neben dir piepste leise ein Monitor. Die Tür öffnete sich und eine junge Krankenschwester trat ein.

»Oh«, machte sie, »du bist wach. Wie fühlst du dich?«

»Okay.«

»Bist du sicher?«

»Nein.«

»Eben«, sie lachte leise, »du bist ziemlich übel zugerichtet worden.« Sie trat vor den Monitor und drückte einige Knöpfe. »Ein paar Tage wirst du wohl hierbleiben müssen.«

»Was …«, du wagtest es kaum zu fragen, »was ist mit mir?«

»Du hast eine angeknackste Rippe, eine Gehirnerschütterung, na ja, und ein übles Hämatom im Gesicht. Aber das ist nichts, was nicht wieder heilt.« Langsam drehte sie sich zu dir um. »Nur an der Schläfe, wo der Arzt nähen musste, wird wohl eine Narbe bleiben.«

Etwas muss wohl in deinem Blick gelegen haben.

»Viele finden das sicher cool«, beeilte sie sich hinzuzufügen.

So wirklich mochten ihre Worte dich nicht beruhigen. »Findest du das denn cool?«

»Klar«, sie lachte, »ist doch irgendwie – *verwegen*.«

Du warst dir nicht sicher, ob das wirklich ihr Ernst war oder nur ein unbeholfener Versuch, dich zu trösten.

Erst recht, als sie wieder ernst wurde. »Weißt du noch, was passiert ist?«

Und wie du das wusstest, aber darüber würdest du garantiert kein Wort verlieren, nicht mit ihr, nicht mit deinen Freunden, mit niemandem.

Du schütteltest den Kopf, was ihn augenblicklich wieder in Flammen setzte. »Ein …«, ächztest du, »ein Überfall.«

»Weißt du, warum?«

»Nee, da …«, der Schmerz in deinem Schädel machte dir das Sprechen schwer – und das Lügen. »Da war plötzlich irgendein … ein Typ, keine Ahnung wieso.«

Skeptisch sah die Krankenschwester dich an.

»Wirklich«, versichertest du, »keine Ahnung, wahrscheinlich … wahrscheinlich wollte er mein Handy.«

»Hat er es bekommen?«

»Nee, ich hab mich gewehrt und –«

»Schon klar«, fiel sie dir ins Wort, »kein Wunder, dass man dich so zugerichtet hat. So was solltest du nicht tun, das ist lebensgefährlich, gerade hier in Berlin, hier laufen so viel Irre herum.«

»Ja«, stießt du hervor, »das hab ich gemerkt.«

»Du kannst froh sein, dass nichts Schlimmeres passiert ist.«

»Ja«, wiederholtest du und nicktest, was du erneut sofort bereutest.

»Wie auch immer«, sagte die Krankenschwester, »die Polizei war auch schon da …«

»Die Polizei?«

»Was denkst du denn? Du bist überfallen worden! Sie wollte deine Aussage aufnehmen, aber du warst ja bewusstlos. Sicher kommen sie heute noch einmal und werden –«

»*Alter!*« Die Tür ging auf und Ken schlurfte herein. »Bist du blöd?«

»Was machst du für Sachen?«, kicherte Viola.

Amir feixte. »Hast du wirklich gedacht –«

»Jaja«, hast du ihn rasch unterbrochen, während die Krankenschwester ihren argwöhnischen Blick über deine Freunde kreisen ließ.

»Ich geh dann mal«, sagte sie, »und wenn was ist, kannst du klingeln.«

»Danke.«

»Und ihr«, im Hinausgehen musterte sie Ken, »macht nicht so lang, er braucht Ruhe nach dem Überfall.«

Ken und die anderen warteten, bis sie den Raum verlassen hatte. Dann lachten sie los. *»Überfall?«*

Du spürtest, wie dir das Blut in deinen schmerzenden Kopf schoss.

»Alter, echt jetzt?« Ken kriegte sich kaum ein vor Lachen. »Was hast du gedacht? Dass sich Sandy in dich verguckt hat, nur weil sie mit dir gevögelt hat?«

Du presstest die Lippen aufeinander.

Ja, Ken hatte recht, was hattest du dir dabei gedacht? Warst du tatsächlich so naiv gewesen?

Und wieso hattest du geglaubt, seine Freunde würden nicht davon erfahren?

Ken lachte noch immer. »Sie ist 'ne Hure, Mann!«

Und auch Viola und Amir hörten nicht auf zu lachen.

Vielleicht war *dies* das Schlimmste von allem – der Spott deiner Freunde.

Das hast du davon!

Du warst froh, als sie endlich gegangen waren.

Kurz darauf schaute die Krankenschwester noch

einmal bei dir vorbei. Du lagst versunken in deiner Scham und deiner Wut.

»Was ist?«, fragte sie.

»Nichts.«

»Du guckst so –«

»Wirklich nichts«, fielst du ihr ins Wort, schroffer als beabsichtigt, aber du wolltest, dass sie es dabei bewenden ließ.

Aber das tat sie nicht. »Möchtest du darüber reden?«

»Wozu?«

»Manchmal …«

»Es ändert sich ja doch nichts.«

Skeptisch sah sie dich an.

Erst jetzt bemerktest du, wie jung sie war, keine zwanzig. Sie hatte lange braune Haare, die zu einem Pferdeschwanz gebunden waren – und ein aufrichtiges Lächeln.

»Na ja«, sagte sie, »wenn du irgendwas brauchst, lass es mich wissen.« An der Tür blieb sie noch mal stehen. »Ich bin übrigens Schwester Anna. Kannst mich aber auch Anna nennen.«

SIEBENUNDZWANZIG

Zu ihrem Erstaunen fand Jamina die Rosenthaler Straße großräumig abgeriegelt vor.

Für sowohl Pkw als auch Busse und die Trams gab es ein Durchkommen mehr. Sie stauten sich in alle Himmelsrichtungen und über mehrere Häuserblöcke hinweg.

Derweil beglotzten Aberdutzende Schaulustige und Reporter das hektische Treiben hinter der Absperrung – zwei Krankenwagen, mehrere Einsatzfahrzeuge und ein ziviler Transporter, vor dessen offener Tür mehrere martialisch mit Maschinenpistolen und Masken ausgerüstete Beamte ungeduldig warteten.

Bei deren Anblick wähnte Jamina ihre schlimmsten Befürchtungen bewahrheitet. Dass nicht nur die Wohnung von Gerry Michels gefunden worden war, sondern auch Sera Muth.

Ihr stiegen furchtbare Bilder vor Augen.

Eine Kollegin ist tot.

Sie bemerkte Pospiech, der sich unweit der Hausnummer 24 ein hitziges Wortgefecht mit dem SEK-Einsatzleiter lieferte.

Rasch zwängte sich Jamina durch die Menschenmenge.

»Frau Stark!«, hörte sie Hardy Sackowitz rufen. *»Ich
habe gehört …«*

Der Rest seiner Worte ging in den wild durcheinander
gerufenen Fragen der anderen Journalisten unter. *»Ist es
tatsächlich …«*

»Was haben Sie …«

»Gibt es …«

Einmal mehr ignorierte Jamina das Gebrüll.

»Leon«, stattdessen bückte sie sich unter das
Flatterband hindurch, »was ist hier los?«

Pospiech winkte ihr erleichtert. »Jamina, endlich bist
du da.«

»Was soll das alles?«

»Eine gute Frage«, knurrte der Einsatzleiter.

Was Pospiech mit einer unwirschen Geste quittierte.
»*Das* da«, er wies auf einen älteren Herrn in ver-
blichenem, fleckigem Blaumann, der sich vorsichtshalber
einige Schritte abseits des ganzen Geschehens hielt, »ist
der Hausmeister, er schließt uns jetzt gleich die Haustür
auf.«

»Ich rede vom SEK!«, sagte Jamina.

»Ja genau, das SEK«, Pospiech nickte aufgeregt, »das

wird danach dann die Wohnung von diesem Gerry stürmen.«

»Wer hat das entschieden?«, grollte der Einsatzleiter.

Die gleiche Frage stellte sich Jamina auch. »Wo ist Uschi?«

»Eigentlich wollte sie längst da sein«, erklärte Pospiech und spähte zur Straße, als erwartete er, dass Buschmann dort jeden Moment in der Menge auftauchte. Was sie sehr zu seinem Leidwesen nicht tat. »Verflixt!«

»Und Benedikt?«

»Der ist auch noch nicht da.«

Jamina begann zu begreifen. »*Du* hast die Straße abriegeln lassen!«

»Aber ja, weil doch gleich das SEK —«

»Welches *du* verständigt hast!«

»Ja, denn wenn Sera —«

Unter den Reportern brach ein neuerlicher Tumult aus, weil Oswald herangebraust kam.

Verdutzt über den großen Aufmarsch bremste er seinen E-Scooter, stellte ihn am Bordstein ab und schob sich wortlos durch die krakeelende Meute.

Dann eilte er unter der Absperrung hindurch zu seinen Kollegen. »Sagt mal, was soll das alles?«

»Frag Leon«, erwiderte Jamina.

Stirnrunzelnd widmete sich Oswald seinem jungen Kollegen. »Was hast du gemacht?«

»Ich habe das SEK gerufen«, sagte Pospiech wie selbstverständlich.

»Gibt's einen triftigen Grund dafür?«

»Aber ja, weil da doch niemand aufmacht!«

Mit finsterer Miene blickte Oswald zu dem sanierten Altbau – über drei Stockwerke Wohnungen, im Erdgeschoss ein Schuhladen. »Du hast da etwa schon geklingelt?«

Pospiech guckte ihn fassungslos an. »Dieser Gerry Michels lebt doch *dort*!«

»Mag sein.«

»Und er hat Sera in seiner Gewalt! Sera ist in großer Gefahr!«

»Das ist klar, aber –«

»Da zählt jede Minute!«

»Was –«

»Genau, was, wenn er sich mit ihr in seiner Wohnung verbarrikadiert hat?«

»Um ehrlich zu sein«, wand Jamina ein, »das glaube ich kaum.«

Empört wollte Pospiech widersprechen.

»Jamina hat recht«, sagte Oswald mit einem Blick auf

die Klingelschilder, auf denen wie in der Wohnung am Hackeschen Markt gestern Abend kein *Michels* zu finden war.

»Hört mal«, meldete sich der SEK-Einsatzleiter ungeduldig zu Wort, »was ist denn nun?«

Oswald blickte fragend zu Jamina.

Unschlüssig zuckte sie mit den Schultern.

»Also?«, drängelte der Einsatzleiter.

»Also«, brummte Oswald, »wenn ihr schon mal hier seid …«

»Ha!«, machte Pospiech.

Was ihm einen strafenden Blick von Oswald einbrachte.

Unterdessen gab der Einsatzleiter seinem Team ein Zeichen.

Die SEK-Beamten trabten sofort los.

Pospiech setzte ihnen nach.

»Leon!«, rief Oswald. *»Was hast du vor?«*

»Ich dachte —«

»Wir bleiben draußen!«

»Ja aber —«

»Überlass wenigstens *das* mal den Profis.«

ACHTUNDZWANZIG

Du hast dich dabei ertappt, wie du dich mit jedem neuen Tag, den du im Krankenhaus verbrachtest, etwas mehr auf die Visite von Schwester Anna freutest.

Und während sie dann am Monitor herumdrückte, deinen Kopfverband wechselte oder auch nur das Essen der anderen Patienten abräumte, habt ihr miteinander geplaudert.

Anfangs keine tiefschürfenden Gespräche, nur etwas Small Talk.

Dabei erfuhrst du, dass sie sich als Krankenschwester gerade in der Ausbildung befände, dass sie gerne ins Kino, auf Konzerte, gelegentlich auch auf Partys ging.

Als du dich einmal über den Krankenhausfraß beschwertest, stimmte sie dir zu.

Mit einem schelmischen Lächeln bedauerte sie, dass sie dir keine Nudeln mit Tomatensauce servieren könnte, ihre Lieblingsspeise, oder Sachertorte, ihren Lieblings-kuchen.

Ihr kamt auf ihre Lieblingssängerinnen zu sprechen, Madonna, Spice Girls, Mariah Carey, und ihre Lieblings-bücher. *ES. The Green Mile.* Aber auch: *Der Pferdeflüsterer.*

Und jedes Mal fragte sie dich, was du so tatest und mochtest.

Du hast um Antwort gerungen. Was hättest du ihr sagen sollen?

Dass du die meiste Zeit nur mit deinen Freunden abhingst, trankst, kifftest? Dass ihr euch auf Partys irgendwelche Pillen eingeschmissen habt? Dass ihr euch die Drogen finanziertet, indem ihr Handys klautet und verticktet?

Du wolltest sie aber auch nicht anlügen. Aus irgendeinem Grund kam dir das falsch vor.

Also hast du dir die Wahrheit zurechtgebogen, du weißt schon, deine Freunde, Konzerte, Kino, manchmal Partys, so was eben.

Und dein Lieblingsbuch?

»Plotzenhotz?!«

»Hotzenplotz heiße ich!«

»Oh, Verzeihung, Herr Lotzenpotz.«

»Ist nicht wahr?« Vor Freude klatschte Anna in die Hände. »Ich liebe das Buch auch. Immer noch.«

Dabei hat sie gelacht, was sie noch hübscher machte, als sie eh schon war.

Einmal kam sie ins Zimmer und sagte: »Ich hab dir was Besonderes mitgebracht.« Sie stellte dir einen Teller mit Erdbeerkuchen auf dein Tischchen. »Deinen Lieblingskuchen.«

»Woher weißt du das?«

»Das hast du mir erzählt.«

»Echt?«

»Natürlich, weißt du das nicht?«

Nur dunkel konntest du dich erinnern, was du ihr erzählt hattest, weil du ihr die meiste Zeit lieber zugehört hattest.

Aber ihre Geste rührte dich.

Eines Abends, als das Krankenhaus ruhig und nur das leise Piepen der Maschinen zu hören war, fragte sie dich: »Was sind eigentlich deine Träume?«

Verwundert hast du sie angeguckt.

»Also, was ich meine: Was willst du mit deinem Leben anfangen?«

Du hast überlegt.

»Was hast du vor? Was willst du tun?«

Für Sekunden hast du geschwiegen und dich gefragt, woher sie eigentlich wusste, dass du mit dir, deiner Zeit und deinem Leben nichts weiter anzufangen wusstest.

Du hast nur Scheiße im Kopf!

Aber vielleicht war das auch einfach nur offensichtlich gewesen.

Vielleicht hatte ein Blick auf deine Freunde ausgereicht. Außerdem irritierte dich Annas Frage, weil noch nie zuvor jemand von dir hatte wissen wollen, was denn deine Träume waren.

Zugleich erfreute dich ihr Interesse.

Du spürtest ihren Blick.

»Ich weiß es nicht«, hörtest du dich sagen.

»Warum nicht?«

»Keine Ahnung.«

»Irgendwas wirst du doch mögen.«

»Ich mag Musik. Konzerte. Partys. Und Kuchen.« Du lächeltest. »Ich liebe Kuchen. Erdbeerkuchen.«

Anna erwiderte dein Lächeln. »Aber nein«, dann wurde sie wieder ernst, »du hast nie darüber nachgedacht, was du mal machen willst?«

»Ich weiß nur, dass ich mich am besten fühle, wenn ich Musik höre, auf Konzerten oder Partys. Alles andere erscheint mir …«, du zögertest, »… langweilig.«

»Hast du mal daran gedacht, selbst Musik zu machen?«

Du hast den Kopf geschüttelt.

»Du könntest Unterricht nehmen, in einer Band spielen.«

»Ich weiß nicht.«

»Es muss ja nicht perfekt sein, Hauptsache, du tust das, was dir Spaß macht.«

»Klar, klingt cool.« Du hast gelacht. »Aber was hat das mit Kuchen zu tun?«

Anna stimmte in dein Lachen ein. »Nichts, aber wenn du Kuchen so sehr magst – mach doch damit was.«

»Was?«

»Du könntest eine Ausbildung als Bäcker machen. Oder als Konditor. Meine Tante hat ein Café, ich könnte sie mal fragen.«

»Ich weiß nicht.«

»Ach komm«, sagte Anna und sah ihn erwartungsvoll an.

Ihre Begeisterung war es, die dich überzeugte. Und irgendwie klang ihr Vorschlag ja tatsächlich gar nicht so abwegig.

Außerdem wolltest du sie nicht enttäuschen. »Klar, frag deine Tante!«

Erfreut ging Anna zur Tür.

»Anna«, riefst du, noch ehe du darüber nachgedacht hattest.

Einer der Rentner im Bett neben dir schreckte auf.

»Was du gerade meintest«, flüstertest du, »von wegen – was ich gerne tun würde?«

»Ja?«

»Ich würde dich gerne wiedersehen, also, wenn ich hier raus bin.«

Sie lächelte. »Ich dachte schon, du fragst gar nicht mehr.«

NEUNUNDZWANZIG

Jamina beobachtete, wie sich die SEK-Beamten nacheinander lautlos in das Gebäude pirschten.

»Ihre Leisetreterei können sie sich auch sparen«, meinte Oswald.

Verdutzt sah Pospiech ihn an.

»Ist doch wahr!«, brummte Oswald. »Falls sich dieser Gerry tatsächlich da oben in seiner Wohnung verbarrikadiert hat, was ich wohlgemerkt nicht glaube, aber nur falls – dann hat er uns doch längst gesehen.«

»Ja aber –«

»Was ja kein Wunder ist, Leon, nach deinem Aufmarsch hier direkt vor seinem Fenster.«

Pospiech blickte beleidigt drein. »Ich wollte –«

»Und was«, ließ Oswald ihn nicht ausreden, »hättest du eigentlich machen wollen, hätte dieser Gerry dir auf dein Klingeln vorhin geöffnet.«

»Aber das hat er ja nicht!«

»Nur mal angenommen, er hätte – was wäre gewesen? Wärst du zu ihm reingegangen?«

»Natürlich, Sera ist doch verschwunden!«

»Du wärst also …«

»Sie ist in Gefahr!«

»… *allein* zu ihm reingegangen?«

»Hätte ich etwa auf euch warten sollen?« Pospiech ächzte, als wäre ihm allein der Gedanke völlig abwegig.

»Zumindest auf das SEK«, murmelte Jamina.

»Ja genau«, Pospiech nickte, »das habe ich ja dann auch gerufen.«

Oswald verdrehte die Augen. »Doch aber nur, weil niemand dir aufgemacht hat, das war —«

Aus dem Haus erklang ein Knall. Eine Tür, die zerbrach. Dann Schreie, Befehle, noch ein Knall.

Schon nach wenigen Sekunden war alles vorbei.

Stille kehrte wieder ein.

Nach nicht einmal zwei Minuten kamen die SEK-Beamten wieder zur Straße heraus.

Der Einsatzleiter schüttelte grantig den Kopf. »Da ist nichts.«

»Wie?« Ungläubig starrte Pospiech hoch zum Haus. »Was soll das heißen – *da ist nichts?*«

»Was es halt heißt: *nichts!*«

»Ja aber, was ist denn mit Sera?«

»Die ist auch nicht da.«

»Keine Spur von ihr?«

»Hör mal …«

»Und dieser Gerry?«

»… was ist so schwer zu verstehen an …«

»Seine Frau? Die Kinder?«

»… *nichts?*«

»Verflixt!«

»Wenn ich *nichts* sage, dann meine ich *nichts!*« Ohne ein weiteres Wort folgte der Einsatzleiter seinen Männern zu den Fahrzeugen.

Pospiech dagegen hastete ins Haus.

»Leon«, rief Oswald ihn zurück, »und was hast du denn jetzt schon wieder vor?«

»Na, ich will in die Wohnung!«

»Du hast den Kollegen doch gehört: Da ist niemand.«

»Aber das kann nicht sein!«

»Und außerdem …«

»Verflixt, wo ist denn Sera?«

»… sorge bitte erst einmal dafür, dass die Kollegen die Absperrung wieder aufheben.«

»Ja aber —«

»Oder habe *ich* den Budenzauber hier etwa zu verantworten?«

Widerstrebend stapfte Pospiech hinüber zu den Schutzpolizeibeamten.

»Also manchmal«, seufzte Oswald, »wünschte ich mir, er hätte etwas mehr von Uschi.«

Jamina blickte zur Straße, wo sich inzwischen noch mehr Schaulustige und Reporter versammelt hatten. »Wo steckt sie eigentlich?«

»Wahrscheinlich steht sie in dem Stau.«

»Ich bin auch ein Stück hergelaufen.«

»Sie doch nicht mit ihrem Rücken!« Seufzend ging Oswald voran ins Gebäude.

Zweifellos, Pospiech war nicht nur der jüngste Kollege im Dezernat, sondern auch der ehrgeizigste – und als solcher wiederum das genaue Gegenteil zu Buschmann. Mit ihren einundsechzig hatte sie bereits alles gesehen, erlebt, erfahren, weshalb sie ihren Dienst inzwischen mit einem gewissen Gleichmut erfüllte.

Oder Gleichgültigkeit, wie böse Zungen unter den Kollegen behaupteten.

Jamina verwarf den Gedanken, als sie die Wohnung in der dritten Etage erreichten.

Diese war ähnlich trostlos wie jene am Hackeschen

Markt – zwei winzige Zimmer, die kaum Platz für eine vierköpfige Familie boten.

Die Einrichtung war spärlich gehalten mit einem Einzelbett und einem Schrank im Schlafzimmer, zwei Sofas, einem Sideboard und einem Fernseher im Wohnzimmer, einem wackligen Tisch und zwei Stühlen in der Küche.

Anders als die Wohnung gestern Abend war sie aber offenkundig der Lebensmittelpunkt von Gerry Michels gewesen – im Schlafzimmerschrank befanden sich seine Hosen, Shirts, Schlüpfer und Socken, in der Küche standen Geschirr, Besteck und Töpfe, in den Regalen Dosenobst, Reispackungen, Tütensuppen, Haushaltsrollen sowie anderer Haushaltsbedarf.

In der Kühltruhe lagen Tiefkühlgemüse, Fertigpizzen, Fischstäbchen, Kartoffelkroketten, Pommes.

Bilder, Briefe oder andere persönliche Unterlagen von Gerry Michels gab es dagegen auch hier nicht – und abermals nichts, was auf die Existenz einer Gattin oder ihrer gemeinsamen Kinder hindeutete, weder Frauenkleider noch Spielzeug, das am Boden herumlag und nur darauf wartete, dass es schon bald wieder bespielt wurde.

»Also inzwischen bin ich mir sicher, dass es diese

Ehefrau und die Kinder tatsächlich nie gegeben hat«, konstatierte Oswald.

»Ja«, pflichtete Jamina ihm bei, »das waren wohl nur Lügen.«

Nachdenklich trat Oswald ans Wohnzimmerfenster. »Was ich mich dabei nur frage: Wieso hat er … *gottverdammt!«* Noch während er fluchte, wirbelte er herum. »Das glaub ich jetzt nicht!« Schon rannte er ins Treppenhaus davon.

Verwundert warf Jamina einen Blick zur Straße raus.

Der SEK-Transporter waren längst verschwunden, auch die Mehrzahl der Streifenwagen.

Die Schutzpolizeibeamten hatten die Absperrung aufgehoben.

Der Stau begann sich aufzulösen, stockend rollte der Verkehr über die Rosenthaler Straße.

Auch die Menschenmenge hatte sich zerstreut, einzig ein paar Reporter lungerten noch auf dem Bürgersteig vor dem Haus herum.

In deren Mitte standen Pospiech und – Kalkbrenner.

Als der die Fassade hochschaute, bemerkte er Jamina am Fenster.

Ruckartig wendete er sich ab.

Da war sie ebenfalls bereits auf dem Weg nach unten.

Oswalds Stimme hallte über die Straße. *»Paul!«*

Kalkbrenner hatte bereits die Kreuzung zum Hackeschen Markt erreicht.

»Himmelherrgott, Paul!«

Für einen Moment schien Kalkbrenner weiterlaufen zu wollen. Dann jedoch blieb er stehen. »Oh, hallo Benedikt.« Er nickte Jamina zu. »Jamina, was für ein Zufall!«

»Lass den Scheiß!«, blaffte Oswald.

»Ich habe —«

»Wie hast du von der Wohnung erfahren?«

»Bei dem Trubel, den ihr hier —«

»Blödsinn!«

Kalkbrenner grummelte.

»Ermittelst du etwa auf eigene Faust?«

Noch ein Grummeln, in das das Klingeln von Oswalds Handy drang.

Vergrätzt nahm er den Anruf entgegen. »Hallo, Uschi«, brummte er, »wo steckst du? *Was? Wie bitte?«* Gequält verzog er sein Gesicht. »Ja, wir kommen.« Er legte auf.

»Was ist?«, fragte Kalkbrenner.

»Jamina«, Oswald überging die Frage, »wir müssen los.«

»Habt ihr was von Sera?«, hakte Kalkbrenner nach.

»Jamina«, ungehalten deutete Oswald zum Passat, »sofort!«

»Und was ist mit mir?«, fragte Leon.

»Du wartest, bis die Spurensicherung hier eingetroffen ist.«

»Ich …«

»Dann kommst du nach.«

»… aber wohin?«

Aber da war Oswald schon losgelaufen. »Und du«, sagte er zu Kalkbrenner, »mach alles nicht noch schlimmer.«

Etwas an seinem Tonfall war alarmierend.

Doch erst als Jamina neben ihm im Wagen saß und den Motor startete, sagte er: »Zum Jean-Calas-Weg in Pankow.«

Jamina gab Gas. »Und was ist dort?«

Oswald schwieg, während sie an Kalkbrenner vorbeirollten.

Der stand nach wie vor am Bürgersteig und sah ihnen besorgt nach.

Oswald mied seinen Blick.

Mach alles nicht noch schlimmer!

»Benedikt«, drängelte Jamina, »was ist?«

»Der Anruf gerade eben«, Oswald beugte sich vor und schaltete das Radio ein, als wollte er seine nächsten Worte mit Musik übertönen, »es wurde eine Frauenleiche gefunden.«

DREISSIG

Von diesem Tag an seid ihr beide unzertrennlich gewesen.

Anna setzte ihre Ausbildung als Krankenschwester fort, du begannst deine in der Konditorei ihrer Tante.

In eurer Freizeit seid ihr ins Kino gegangen, auf Konzerte, Partys, traft euch mit Freunden.

Annas Freunden.

Mit Ken und den anderen dagegen hast du dich immer seltener verabredet, weil du jetzt eine Freundin und einen Job hattest, mehr Verpflichtungen, weniger Zeit, und ja, auch weniger Lust aufs sinnlose Abhängen in Kens zugiger, abgeranzter Drecksbude, aufs Saufen, Kiffen und dummes Zeug treiben.

Du hast nur Scheiße im Kopf!

Annas Worte hatten tatsächlich etwas in dir ausgelöst.

Was willst du mit deinem Leben anfangen?

Nach einem Dreivierteljahr bist du mit ihr zusammengezogen. Ihr fandet nur eine Zweiraumwohnung, obendrein in einem alten, verlebten Haus, das seine besten Zeiten schon hinter sich hatte.

Aber egal, es war *deine* erste, eigene Bude.

Und du warst dort mit Anna zusammen.

Deine Mutter hat wie erwartet reagiert: *»Du gehst weg!«*

»Mama, ich —«

»Jetzt gehst auch du endgültig weg.«

Selbst als du ihr Anna vorgestellt hast, hat sie nicht einmal versucht, einen Anschein von Normalität zu erwecken.

Als ihr hinterher zurück nach Hause gelaufen seid, meinte Anna nur: »Ich glaube, ich versteh jetzt, was du im Krankenhaus meintest.«

Mehr sagte sie nicht dazu, aber das brauchte sie auch nicht, es genügte dir. Sie nahm dich in den Arm und du fühltest dich verstanden.

Es ändert sich ja doch nichts.

Aber das stimmte nicht.

Alles hatte sich jetzt geändert.

Zum ersten Mal warst du glücklich.

Tage und Wochen vergingen wie im Flug, einerseits mit eurer Arbeit, zum anderen in trauter Zweisamkeit.

Häufig habt ihr die Abende zu Hause verbracht. Immer hast du darauf gewartet, dass sie aus dem Krankenhaus heimkehrte. Dann hast du für sie gekocht.

»Du bist der Beste«, sie küsste dich, »ich liebe dich.«

»Ich dich auch!« Du hast sie in den Arm genommen, sie nicht losgelassen, weil du nicht genug von ihr bekommen konntest.

»Aber jetzt hab ich Hunger«, sie löste sich aus deiner Umarmung, »bin heute wieder kaum zum Essen gekommen.«

»Wie war denn deine Schicht? Wieder viel los?«

»Immer.« Sie ächzte. »Wir hatten einen Notfall nach dem anderen. Ich musste länger bleiben.«

»Schon wieder? Das passiert in letzter Zeit ziemlich oft.«

»Ja, es ist einfach zu viel los.«

»Viel zu viel«, stelltest du fest.

»Was soll ich machen?« Anna stöhnte. »Es gibt kaum noch Leute, die den Krankenhausjob machen wollen, weil er so mies bezahlt wird. Außerdem wird ständig das Personal eingespart.«

»Ich weiß, es … es ist nur, ich muss dann immer an dich denken.«

»Ich auch an dich.«

»Und ich vermisse dich.«

»Es wird wieder besser werden, versprochen!« Anna legte ihre Hand auf deinen Arm. »Lass uns essen, sonst ist's gleich kalt.«

Doch die Monate vergingen, Anna musste immer öfter länger arbeiten.

Meist kam sie übermüdet nach Hause, hatte kaum Appetit auf das, was du mühevoll angerichtet hattest.

Häufig schlief sie schon auf der Couch einfach ein.

Du begannst, dir Sorgen zu machen.

Eines Abends, als sie wieder zu spät nach Hause kam, wartetest du auf sie. »Wo warst du?« Du saßest am Tisch, vor dir die Teller mit dem erkalteten Essen. »Es ist fast Mitternacht!«

»Im Krankenhaus«, sie gähnte, »wo denn sonst?«

»Das kann doch dort nicht jeden Tag so sein.«

»Ich hab dir das doch erklärt.«

»Außerdem ist …«

»… das Berlin«, ließ Anna dich nicht ausreden, »hier ist immer alles noch irgendwie … *schlimmer*. Das weißt *du* doch am besten.«

Verärgert hast du den Kopf geschüttelt. »Manchmal denke ich, du lässt dich da nur ausnutzen!«

»Das stimmt doch gar nicht.«

»Du solltest denen mal die Meinung sagen!«

»Ich bin nur eine Auszubildende.«

»Trotzdem hast du ein Anrecht auf ein Privatleben!«

»Das hab ich doch auch.«

»Davon merk ich wenig«, zischtest du.

Anna zuckte zusammen. Sie seufzte. »Es wird irgendwann wieder besser.«

»Manchmal glaube ich, du willst das gar nicht.«

»Was soll das denn heißen?«

»Ich denke —«

»Denkst du, mir macht das immer alles Spaß?«

»Nein«, beeiltest du dich zu sagen, »aber ... aber du fehlst mir einfach.«

»Ja«, sagte sie, »aber jetzt will ich schlafen, ich bin todmüde.«

Und dann, eines Abends, nachdem sie nach einem anstrengenden Tag nach Hause kam, erwischte sie dich dabei, wie du ihr Handy durchsahst. »Was machst du da?«

»Ich ...«, stammeltest du, »ich wollte nur gucken, ob du —«

»Ob ich was?«

»Ob alles in Ordnung ist.«

»Was sollte denn nicht in Ordnung sein?«

»Ich weiß nicht, manchmal glaube ich –«

»Du glaubst mir nicht mehr, ist es das? Du glaubst, ich lüge dich an!«

»Nein, ich –«

»Vertraust du mir nicht mehr?«

»Kann ich dir noch vertrauen?«, platzte es aus dir heraus.

»Verdammt!«, fluchte sie.

»Anna«, fügtest du hinzu, »ich weiß einfach nicht, was ich denken soll, immer kommst du so spät nach Hause, ich mache mir Sorgen und –«

»Und deshalb spionierst du mir nach?«

»Ich liebe dich doch.«

»Du musst damit aufhören!«

»Ich will dich nicht verlieren.«

Für ein paar Wochen lief es besser.

Du bemühtest dich, Anna mehr Freiraum zu geben, und sie versuchte, ihre Überstunden zu reduzieren.

Was ihr nicht immer gelang.

Prompt brach deine Unsicherheit wieder aus dir heraus. »Später Feierabend?«, knurrtest du.

»Ja«, sagte sie genervt, »wie immer.«

»Vielleicht wäre es besser, wenn du einen anderen Job hättest.«

»Was?«

»Einen, bei dem du nicht ständig Überstunden machen musst.«

Anna starrte dich an. »Das meinst du jetzt nicht ernst, oder?«

»Doch«, du nicktest, »dann hättest du mehr Zeit für mich.«

»Mehr Zeit für dich?«, wiederholte sie.

»Ich liebe dich!«

»Und ich liebe meine Arbeit.«

Das war nicht das, was du hattest hören wollen. »Ja doch, aber –«

»Im Krankenhaus ist es stressig, ja, es kostet mich sehr viel Kraft, aber trotzdem, die Arbeit macht mir Spaß, sie ist mir wichtig, es ist das, was ich immer machen wollte – den Menschen helfen.«

»Ich habe –«

»*Du* hast doch gar keine Ahnung, wie das ist«, fiel sie dir ins Wort, »zu wissen, was man im Leben wirklich machen möchte.«

»Anna, ich –«

»Und deshalb hast *du* am allerwenigsten das Recht, mir irgendwas vorzuschreiben.«

»Ich will doch nur –«

»Hör damit auf!« Sie rannte ins Schlafzimmer und schlug die Tür krachend hinter sich zu.

Morgens war sie verschwunden, noch ehe dein Wecker klingelte.

Die nächsten Tage fuhrst du immer wieder zum Krankenhaus, wo du nach Feierabend auf sie wartetest.

Was sie nur noch mehr erzürnte. »Verdammt, was soll das?«

»Ich dachte, ich hole dich ab und wir —«

»Drehst du jetzt völlig durch?«

»Kann ich nicht —«

»Und was ist überhaupt mit deiner Lehre bei meiner Tante?«

»Ich habe —

»Du bist schon seit Tagen nicht mehr da gewesen.«

»Ich kann —«

»Ich halt das nicht mehr aus.«

»Ich will —«

»Ich will nicht mehr!«, schrie sie dich an. *»Hörst du?«*

Ja, du hattest sie gehört, aber nicht verstanden. »Anna, du —«

»Ich will ausziehen!«, fiel sie dir ins Wort.

Entgeistert starrtest du sie an. »Was?«

»Ich will weg!«

»Aber —«

»Ich will weg! Weg! Hast du verstanden?«

Du hast nur geschwiegen.

»Das hast du jetzt davon!«, zischte sie.

Noch ehe du begriffst, was du tatst, schlugst du zu.

»Hey!«, schrie einer ihrer Kollegen, der aus dem Krankenhaus gerannt kam. *»Was soll denn das?«*

Heulend stürzte sich Anna in seine Arme.

Die Art, wie er sie hielt. Wie sie sich eng an ihn schmiegte.

Ich will weg! Weg!

Jetzt hattest du endlich verstanden, denn sie —

… schert sich nur noch einen Dreck um dich!

Wütend bist du weggerannt.

EINUNDDREISSIG

Mit jeder Minute, die sie sich Pankow näherten, wuchs Jaminas Unbehagen.

Es wurde eine Frauenleiche gefunden.

Seit ihrer Abfahrt in der Rosenthaler Straße hatte Oswald kein weiteres Wort mehr darüber verloren. Stattdessen kauerte er auf dem Beifahrersitz und hielt seinen Blick starr nach vorne auf das graue Asphaltband der A114 gerichtet.

Im Radio sang The Police: *There's a little black spot on the sun today.*

Irgendwann jedoch hielt Jamina ihr Schweigen nicht länger aus. »Wer ist es?«

Ihr Kollege antwortete nicht.

»Ist es Sera?«

Unverwandt stierte Oswald nach draußen.

»Jetzt sag schon!«

»Das hat Uschi mir nicht gesagt.«

»Was hat sie dir denn gesagt?«

»Sie meinte nur, wir müssen sofort nach Pankow rauskommen. Dort gäbe es eine Leiche.«

»Wenn es Sera ist —«

»Herrgott, ich weiß es nicht!« Noch während er schimpfte, schien Oswald sich seiner Schroffheit bewusst zu werden. Er holte tief Luft und dämpfte seine Stimme. »Aber es gab offenbar Grund genug, uns zu verständigen.« Dann sank er tiefer in den Sitz, als würde das eine weitere Diskussion – und die mögliche, traurige Wahrheit – verhindern können.

It's the same old thing as yesterday.

Dann brummte er irgendetwas.

»Was hast du gesagt?«, wollte Jamina wissen.

»Ich fragte«, Oswald schaltete das Radio aus, »was das sollte?«

Irritiert warf Jamina ihm einen Seitenblick zu, nicht sicher, worauf er mit seiner Frage anspielte. Hatte sie etwas Unpassendes gesagt? Wieder übertrieben reagiert? *Ich habe keine Ahnung …*

Diesmal war sie sich keiner Schuld bewusst.

Oswald schien ihr die Verwirrung anzumerken. »Was ich meinte, Jamina: Was sollte bei diesem Gerry dieses Gefasel von wegen Ehefrau und Kinder?«

»Ach so, verstehe.« Erleichtert betätigte Jamina den Blinker. »Darüber habe ich auch schon nachgedacht.«

»Ich meine, wenn er in Wahrheit doch gar keine Familie hat!«

»Das nennt man: Cat-Fishing.«

»Wie bitte?«

»Cat-Fishing. Was eigentlich nur ein bestimmtes Verhalten beim Online-Dating beschreibt.« Jamina nahm die Abfahrt zur Schönelinder Straße. »Aber im Kern ist es das gleiche Vorgehen – nämlich die Vortäuschung einer falschen Identität.«

»Schon klar, aber was bezweckt er damit?«

»Das Gleiche wie viele andere Männer auch, die so

was tagtäglich abziehen. In Gerrys Fall ganz offensichtlich die Vortäuschung von Ehefrau und Kindern, aus dem einzigen Grund, damit *sie*, Sera, über ihre Beziehung zu ihm Stillschweigen bewahrte.«

»Was ihm perfekt gelungen ist.«

»Ja, und seine Argumentation dürfte dabei wahrscheinlich gewesen sein, wie übrigens in den meisten solcher Fällen: Es darf bloß keiner von ihm erfahren, weil sonst, du weißt schon – Scheidung, teurer Prozess, Sorgerechtsstreit, Unterhaltsklagen, immense Kosten, Ruin, das volle Programm, also erfüllt die Frau ihm seinen Wunsch und hüllt sich fortan in Schweigen über ihre vermeintliche Affäre ...«

»Jamina?«

»... die in Wahrheit gar keine ist, weil der Mann ja gar keine Ehefrau und Kinder hat, aber egal, der Mann hat sein Ziel erreicht, weil die Frau ihn nicht ruinieren möchte, weil sie nicht will, dass ihre Beziehung endet, aber was sie dabei nicht merkt – sie kapselt sich zunehmend ab von ihren Freunden, Angehörigen, ihrer Familie ...«

»Jamina!«

»... was dazu führt, dass sie sich sozial isoliert und am Ende abhängig wird von dem Mann. Und genau darum, verdammt, genau darum geht es solchen Typen – dass die Frauen in Abhängigkeit von ihnen geraten.«

»Bist du jetzt fertig, Jamina?«

Ja!, wollte sie ihrem Kollegen voller Wut entgegenschleudern, ließ es aber bleiben, weil ihr bewusst wurde, wie sehr sie sich gerade selbst in Rage geredet hatte – und Oswald sowieso der falsche Adressat war, weil er rein gar nichts verbrochen hatte.

Argwöhnisch sah er sie an.

Sie hatte *jetzt* tatsächlich wieder übertrieben reagiert.

Aber was hieß hier – *übertrieben?*

Ich habe keine Ahnung, was dein Problem ist.

Sie ertappte sich dabei, wie sie die Narbe an ihrem Arm rieb.

Das Problem war: Meist endeten solche abhängigen Beziehungen auf die immer gleiche Weise.

Es wurde eine Frauenleiche gefunden.

Mit ungutem Gefühl bog Jamina in den Jean-Calas-Weg. Zu beiden Seiten reihten sich Betonklötze aneinander, deren hässlicher Anblick selbst der strahlendblaue Himmel und die Frühlingssonne kaum milderten – einförmige, zweckmäßige Wohnbauten, nach dem Krieg massenhaft in die Höhe gezogen, die meisten über drei, manche über vier Etagen.

Immerhin waren sie nahezu alle saniert.

Etliche der Anwohner standen vor ihren Türen beisammen.

Tuschelnd beäugten sie die Schutzpolizeibeamten, die inzwischen das weit und breit einzige Grundstück mit unsaniertem Haus abgeriegelt hatten.

Dessen Fassade war von den Jahreszeiten grau und verwittert, obendrein mit Graffiti beschmiert, die Fensterscheiben eingeschmissen, die Haustür eingetreten.

Sogar das Baugerüst, das rings um das Gebäude errichtet worden war, wirkte baufällig.

In der Zufahrt stand eine rostige Betonmischmaschine, eine Schubkarre war umgekippt und demoliert, ein Sandhügel von Unkraut überwuchert.

Jüngeren Datums dagegen waren ein Kipplaster, ein Schuttcontainer sowie ein Bauwagen, in dem sich ein halbes Dutzend Bauarbeiter ihre Zeit mit Stullen und Bierflaschen vertrieben.

Unweit davon redeten sich zwei Männer in Rage, beide in teuren Maßanzügen, einer Mitte fünfzig, der andere Anfang dreißig, mit zwei dicken Aktenordnern unterm Arm.

Vergeblich versuchte Buschmann, sie zu beruhigen.

Kaum dass der Ältere Jamina und ihren Kollegen nahen sah, stürmte er auf sie zu. *»Hey, Sie da!«*

Der Jüngere, der seine liebe Not hatte mit seinen Aktenordnern, folgte ihm dicht auf den Fersen. *»Hey, Sie!«*

Buschmann eilte den beiden nach. »Herr Ferenci, Herr Balkum«, japsend hielt sie sich ihren schmerzenden Rücken, »so warten Sie doch!«

Weder Ferenci noch Balkum dachten daran.

»Hey, Sie«, maulte Ferenci, der Ältere, *»Sind Sie verantwortlich für diesen Spaß?«*

»Ja, diesen ganzen Spaß hier!«, echote Balkum, der Jüngere.

»Spaß?«, fragte Jamina.

Ferenci beachtete sie nicht, blieb stattdessen vor Oswald stehen. *»Ich rede von diesem Spektakel hier!«*

»Ein absurdes Spektakel!«, betonte Balkum.

»Weder handelt es sich hier um ein Spektakel«, monierte Jamina, »noch ist es absurd, Herr … Wie, sagten Sie, waren noch gleich Ihre Namen?«

Endlich sah Ferenci sie an. *»Den hab ich Ihnen gar nicht genannt!«*

»Nein«, sagte Balkum, *»das hat er nicht!«*

»Jamina, Benedikt«, mühte sich Buschmann heran,

»*das* …«, sie keuchte vor Anstrengung und Schmerz, »
ist Herr Ferenci, der Hauseigentümer.«

»*Dr.* Ferenci«, betonte dieser.

»Und *das*«, Buschmann deutete auf den jüngeren
Mann, »ist Herr Balkum, sein Assistent.«

»Sein *Sekretär*«, korrigierte Balkum, während er die
Akten auf seinen Armen balancierte, »und Herr Dr.
Ferenci würde jetzt gerne –«

»*Ich fasse es nicht!*«, beschwerte sich jemand mit tiefer,
grantiger Stimme.

Auf der Straße war eine Limousine vorgefahren, der
ein distinguierter, ergrauter, sonnengebräunter Mann
entstieg. Ungehalten bückte er sich unters Flatterband
hindurch. Auf seinen Schuhspitzen trippelte er über die
Baustelle.

»Herr Dr. Wittpfuhl«, rief Buschmann, »gut, dass Sie
so schnell kommen konnten.«

Der Gerichtsmediziner bedachte sie mit einem
vernichtenden Blick. »Frau Buschmann, waren *Sie* es
etwa, die mich hat verständigen lassen?«

»Ja, das war ich.«

»Und warum lassen Sie mich dann nicht wissen, dass
es sich bei dem Tatort um eine Baustelle handelt?«

»Ich habe –«

»Jetzt schauen Sie sich das an!« Pikiert deutete Dr. Wittpfuhl auf seine edlen italienischen Schuhe, auf denen spitze Steinchen bereits nach wenigen Metern erste Kratzer hinterlassen hatten. Seine Hosenaufschläge waren obendrein eingestaubt. »Dann wäre ich ganz sicher nicht im Anzug gekommen!«

»Warum kommen Sie überhaupt im Anzug an einen Tatort?«, fragte Jamina.

Dr. Wittpfuhl funkelte sie an und kurz schien es, als wollte er sich auf der Stelle umdrehen, in seinen Wagen steigen und zurück in die Charité fahren.

Dann beließ er es bei einem missfälligen Kopfschütteln und eilte weiter zum Transporter der Spurensicherung, wo er sich in einen Schutzanzug zwängte.

Ferenci starrte ihm nach. »Was soll das heißen – Tatort?«

Dr. Wittpfuhl nörgelte nur vor sich hin.

Ferencis Blick kehrte zurück zu Oswald. »Wieso denn ein Tatort?«

»Ja, wieso ein Tatort?«, wiederholte Balkum, der sich immer noch mit seinen Akten abmühte.

»Entschuldigen Sie den Kollegen«, sagte Buschmann, »das war etwas missverständlich ausgedrückt.«

»Handelt es sich hier um einen Tatort?«, wollte Ferenci wissen.

»So ein richtiger Tatort?«, fragte Balkum.

»Genau das ist der Punkt«, erwiderte Buschmann, »das wissen wir zur Stunde noch nicht.«

»Ich dachte, man habe eine Leiche in dem Haus gefunden«, sagte Ferenci.

»Eben, nur eine Leiche«, so Balkum.

»Nur?«, wunderte sich Jamina.

»Irgendeinen Junkie.« Achtlos wedelte Ferenci mit den Händen. »Die haben doch die letzten Monate fast ständig da drinnen gehaust.«

»Ich bin geneigt, zu sagen – fast immer«, meinte Balkum.

»Nur ein Junkie also«, sagte Jamina. »Der ist Ihrer Meinung nach also nicht der Rede wert.«

»*Das* habe ich nicht gesagt«, widersprach Ferenci.

»Und ich auch nicht«, so Balkum.

»Aber *gemeint* haben Sie es!«, konstatierte Jamina.

Empört setzte Ferenci zu einer Erwiderung an.

Oswald räusperte sich. »Herr Ferenci …«

»*Dr.* Ferenci«, korrigierte Balkum, dem die Akten allmählich zu schwer auf seinen Armen zu werden schienen. Schweißtropfen liefen ihm über die Stirn.

»Herr Dr. Ferenci«, wiederholte Oswald, »wo genau liegt das Problem?«

»Das kann ich Ihnen sagen!«, erwiderte Ferenci, sichtlich erleichtert, sich nicht länger mit Jamina abgeben zu müssen. »Ich möchte wissen, ab wann wir die Arbeiten im Haus wieder aufnehmen können.«

»Denn jede Minute Stillstand kostet Herrn Dr. Ferenci ein halbes Vermögen«, fügte Balkum hinzu.

»Schon klar«, murmelte Jamina, »da stört ein toter Junkie bloß.«

»Jamina!«, mahnte Oswald.

Trotzig erwiderte sie seinen Blick.

»Herr Dr. Ferenci«, ergriff Buschmann das Wort, »soweit ich das sehe, stand das fast neun Jahre leer.«

»Das ist richtig, aber —«

»Da kommt es auf zwei oder drei Tage mehr oder weniger auch nicht mehr an.«

»*Zwei Tage?*«, echote Ferenci.

»*Drei Tage?*« Empört stellte Balkum die Ordner auf den staubigen Boden.

Buschmann winkte ihre Kollegen zum Transporter der Spurensicherung. »Lasst uns ins Haus gehen!«

ZWEIUNDDREISSIG

Du standest vor der alten Fabrikhalle und hast gezögert.

Noch immer loderte in dir die Wut. Gleichzeitig verspürtest du Scham.

Bis oben ein Fenster aufklappte.

»Leck mich, Alter«, drang Kens Stimme durch die Nacht, »der verlorene Sohn ist wieder da!«

Tatsächlich war eine ganze Weile verstrichen, seit ihr euch das letzte Mal gesehen hattet.

Waren es Wochen? Sogar Monate?

Du hattest keinen blassen Schimmer.

»Was ist?«, rief er. »Willst du da Wurzeln schlagen oder kommst du endlich hoch?«

Also bist du vorbei an dem Schrott, der sich noch immer in der Halle türmte, und die brüchigen Stufen hoch.

Ken erwartete dich mit einem spöttischen Lächeln.

»Ken«, druckstest du, »ich weiß, ich —«

»Ich hab mich schon gefragt, ob du überhaupt noch lebst.«

»Ich wollte —«

»Du wolltest nix mehr mit mir zu tun haben!«, fiel dir Ken ins Wort und verpasste dir eine Kopfnuss.

Du hast dich nicht dagegen gewehrt. »Nein, ich … ich hatte nur viel um die Ohren.« Noch während du die Worte aussprachst, merktest du, wie sie klangen – wie eine billige Ausrede. Und das waren sie auch.

»Schon klar«, lachte Ken und hob die Hand zu einer weiteren Kopfnuss, »du –«

»Sie hat 'nen anderen«, hörtest du dich sagen.

Kens Hand gefror auf halber Strecke. Sein Lachen erstarb.

Für Sekunden sah er dich nur an, als müsste er überlegen, wie er darauf reagieren sollte.

Für einen Moment warst du dir sogar sicher, was er tun würde – noch mehr Häme, noch mehr Kopfnüsse.

Und irgendwie hattest du es dir sogar gewünscht.

Du hattest es nicht anders verdient.

Das hast du davon!

»Komm rein«, sagte er stattdessen.

Schweigend bist du ihm nach in seine Bude, wo er eine billige Whiskeyflasche rausstellte und einen Joint drehte.

So habt ihr dagesessen, getrunken, gekifft, während im Fernseher irgendeine Abendsoap lief.

»Hier«, Ken nahm noch einen Schluck, »trink.«

Also hast du getrunken.

»Und jetzt vergiss die Schlampe, sie war's nicht wert.«

Wahrscheinlich hatte er recht, dennoch: »Ich dachte, sie liebt mich.«

Ken tat, als müsste er würgen.

»Was habe ich denn falsch gemacht?«

»Nix hast du falsch gemacht«, maulte Ken, »außer ihr zu vertrauen. Sie hat dich verarscht.«

»Ich dachte, wir wären glücklich. Ich dachte, sie liebt mich.«

»Hörst du dich selber reden?«

»Wir haben sogar von Kindern geredet.«

»Kinder?« Ken deutete ein Kotzen an. »Bist du blöd?«

»Ich wollte –«

»Alter«, er verpasste dir eine Kopfnuss, so heftig, so zornig, dass du dich fast am Whiskey verschlucktest, »bloß keine Kinder.«

Überrascht von seinem Ausbruch hast du geschwiegen.

Ken nahm einen kräftigen Schluck und knallte die Flasche auf den Boden.

Und wie aus dem Nichts begann er, zu erzählen – von den Kindern.

Dass seine Eltern sich getrennt hatten, er mal bei

seiner Mutter, mal beim Vater gelebt hatte, mal in betreuten Wohnungen, dann irgendwann im Heim.

Unter den Kindern dort hatte es ständig Kämpfe gegeben, Demütigungen, Verletzungen – und Wut. So viel Wut.

Plötzlich begannst du, ihn zu begreifen.

Ken Cool.

Vielleicht wart ihr euch ähnlicher, als du dachtest.

Irgendwann war die Flasche leer, die Joints geraucht, aber euer Zorn nach wie vor spürbar.

Wenige Wochen später starb deine Mutter.

DREIUNDDREISSIG

Wie ihre Kollegen zog sich auch Jamina einen Schutzanzug an, streifte sich Plastikstulpen über die Schuhe, Einweghandschuhe über die Hände, bevor sie ihnen über die Baustelle folgte.

»Dieses Haus hat eine bewegte Geschichte«, erklärte Buschmann währenddessen. »Über Jahre wechselten ständig die Eigentümer, immer wieder stand es unter Zwangsverwaltung. Bis er Herr Ferenci ...«

»*Dr.* Ferenci«, ätzte Jamina.

Buschmann seufzte. »Bis er das Gebäude vor dreizehn Jahren erwarb. Damals war es noch bewohnt.«

»Und danach?«

»Hat er dafür gesorgt, dass alle Mieter nacheinander ausziehen.«

»Lass mich raten: Freundlich darum gebeten hat er sie nicht.«

»Wahrscheinlich hat er seinen Papagei auf sie gehetzt«, brummte Oswald.

»Nein, aber …« Japsend blieb Buschmann stehen.

»Uschi«, sorgte sich Jamina, »alles in Ordnung mit dir?«

»Jaja, es ist nur …« Buschmann streckte ihren Rücken. Unter ihrer Maske verzog sie ihr Gesicht. »Es geht schon.« Sie krümmte sich unter Schmerzen, während sie sich wieder in Bewegung setzte.

Im Hausflur quollen Schimmelflecken an der Decke, die Farbe blätterte von den Wänden, die Briefkästen waren zum Großteil demoliert.

Die Tür zur Parterrewohnung war eingetreten, deren Diele mit Chipstüten, Coladosen und Zigarettenkippen vollgemüllt.

»Es begann mit undichten Dächern«, fuhr Buschmann fort, während sie sich vorbei an der Treppe in den hinteren Gebäudeteil mühte, »die Ferenci nicht ausbessern ließ. Irgendwann bröckelten die Balkone. Dann endlich sollte es eine Sanierung geben, deren Beginn sich aber absichtlich lang hinzog. In dieser Zeit blieben Wasser und Strom abgestellt, das Baugerüst verdunkelte die Zimmer.«

»Und damit ist er durchgekommen?«, fragte Jamina.

»Nicht bei allen Mietern, aber die letzten hat er rausgeekelt, als er ihnen für die Zeit nach der Modernisierung unrealistisch hohe Mieterhöhungen ankündigte.«

»Die hätte er rechtlich niemals durchbekommen.«

»Mag sein, Jamina, aber du weißt doch, wie es ist: Bevor du ein langes, teures Verfahren riskierst, währenddessen du weiterhin in einer Bruchbude hausen musst, ziehst du lieber die Notbremse.«

»Trotzdem ist die Modernisierung nicht erfolgt«, konstatierte Oswald.

»Nein«, keuchte Buschmann, »vor neun Jahren geriet Ferenci in finanzielle Schieflage.«

»Und niemand, der sich seither um das Haus kümmerte?«

»Du weißt doch, wie so was läuft in Berlin …«

»Aber betreten wurde es, oder?«

»Natürlich, jede Menge Kids. Obdachlose. Und Junkies.« Vor einer offenen Kellertür deutete Buschmann auf die dunkle Nische daneben.

Dort lagen eine löchrige Decke, zerbrochene Bierflaschen, noch mehr Kippen, sogar gebrauchte Kondome, Spritzen und anderes Drogenbesteck.

Eine steinerne, brüchige Treppe führte in die Tiefe. Die Wände waren von Rissen durchzogen. Dort, wo an der Decke kein Schimmel wuchs, hingen dichte Spinnennetze.

Vorsichtig stieg Buschmann die Stufen hinunter. »Heute endlich wollte Ferenci mit der Sanierung beginnen, die Wohnungen sollten geräumt, die Kellerräume geleert werden. Deshalb auch der Container auf der Straße.«

Je tiefer sie gelangen, desto widerlicher wurde der Gestank.

Unten führte ein Gang an nummerierten Holztüren vorbei. Manche waren eingetreten, viele hingen schief in den Angeln, alle standen weit offen.

Überall lag Plunder herum – schimmlige Kisten, ein verrostetes Fahrrad, ein Röhrenfernseher, ein in seine Einzelteile zerlegtes Billy-Regal, zerbrochene Bilderrahmen, zersplitterte Lampen, Vasen, Teller, ein alter Kinderwagen ohne Räder, etliche prallvolle Mülltüten und noch anderer unnützer Kram, den die Ex-Mieter in ihrem Zorn auf den Eigentümer zurückgelassen hatten.

Im Eingang zur letzten Kammer, *Nummer sechs,* stand Dr. Bodde.

Sie nickte zur Begrüßung, bevor sie sich den beiden Kriminaltechnikern zuwandte, die sich – beleuchtet von Scheinwerfern – einem alten rostigen, zersplitterten Schloss sowie einer schweren Kette widmeten.

Derweil beugte sich Dr. Wittpfuhl über eine große vergilbte Kiste, die sich beim näheren Hinsehen als eine alte Tiefkühltruhe entpuppte.

Sie war schon lange nicht mehr in Betrieb gewesen – daran ließ auch der Zustand der nackten toten Frau, die in unnatürlicher Haltung in die Truhe eingepfercht worden war, keinen Zweifel.

Ihre Leiche war komplett mumifiziert.

Jamina schluckte.

Es war Oswald, der sagte: »Also *das* ist nicht Sera.«

VIERUNDDREIßIG

Der Himmel war bedeckt, ein kalter Wind fegte über den Friedhof, während der Priester eine Trauerrede hielt.

Er nannte den Namen deiner Mutter, die Daten ihres Lebens, drosch ein paar Phrasen aus seinem Gebetsbuch, ansonsten nichts – keine liebevollen Worte, keine Zitate, nichts, was auf ein erfülltes Leben oder eine glückliche Beziehung hinwies.

Aber da war ja auch nichts gewesen, außer dunkle Tage, ihre Schübe, die Verbitterung, die sie zuletzt förmlich zerfressen hatte, ihre Wut und ihre Schreie.

Geh nur und lass du mich auch alleine!

Insofern war die karge Rede nur ein konsequenter Schlusspunkt.

Und auch, dass sich nur wenige Trauergäste zur Zeremonie eingefunden hatten – du, Ken, der dich hatte begleiten wollen, der Priester, irgendeine entfernte Verwandte, deren Namen du nicht einmal kanntest, zwei alte fremde Frauen, wahrscheinlich nur Trauer-Touristinnen, die schon nach der nächsten Beerdigung schielten.

Es war ein jämmerliches Ende eines jämmerlichen Lebens.

Trotzdem hattest du Tränen in den Augen, nicht weil du trauertest.

Du warst zornig, weil die Vergangenheit noch einmal in dir hochkochte, die vielen Stunden und Tage, die du längst vergessen geglaubt hattest, an denen du hungrig und allein durch eure Wohnung gestreift bist, während deine Mutter im dunklen Schlafzimmer lag, isoliert von der Welt.

Du hast nur Scheiße im Kopf!

Die vielen Vorwürfe, die sie dir gemacht, die Schuldgefühle, die sie dir eingetrichtert hatte.

Das hast du davon!

Es war immer deine Schuld gewesen.

Der Wind wurde stärker, als ob er auf deinen Zorn reagierte.

Unterdessen beendete der Priester seine Rede, schüttelte dir die Hand und murmelte etwas von Mitgefühl, bevor er verschwand.

Du balltest die Fäuste und starrtest noch einmal in das Erdloch, in dem der Sarg mit deiner Mutter lag.

»Vergiss sie«, sagte Ken, der dir deine Empfindungen anmerkte.

Ja, manchmal mochte er ein durchgeknallter Blödian sein, aber er war auch dein bester Kumpel.

Ihr seid euch in vielem so ähnlich gewesen.

»Vergiss sie«, wiederholte er, »jetzt bist du sie endlich los.«

Du fragtest dich, ob er recht hatte, ob du tatsächlich endlich frei warst, frei von ihren ständigen Vorwürfen, frei von ihrer Dunkelheit.

Denn das Gefühl kam dir falsch vor.

Solltest du dich so fühlen? Und überhaupt: Durftest du das?

Du bliebst noch eine Weile stehen, ohne dass du eine Antwort darauf fandest.

Irgendwann hast du die Kälte nicht mehr ausgehalten.

Du drehtest dich um und schrittst langsam den Kiesweg entlang zurück zum Friedhofstor.

»Zeit für was Neues«, meinte Ken, der dir folgte.

Und ja verdammt, das wurde dir jetzt klar, er hatte recht.

Mit jedem Schritt, dem ihr der Straße näherkamt, wurde die Last auf deinen Schultern ein wenig leichter.

Zeit für was Neues.

Endlich hattest du den letzten verbliebenen Krempel von Anna aus deiner Bude entsorgt, du hast die

Wohnung deiner Mutter aufgelöst, die meisten ihrer Sachen zur Altkleidersammlung oder auf den Sperrmüll gegeben, einzig ein paar Regale und ihre Tiefkühltruhe hattest du dir in den Keller gestellt.

Dann hieltest du Ausschau nach einem neuen Job, was schon damals in Berlin kein leichtes Unterfangen war.

Es muss nicht ja perfekt sein, Hauptsache, du tust das, was dir Spaß macht.

Du begannst als Kellner in einem Café.

FÜNFUNDDREISSIG

Im ersten Moment verspürte Jamina grenzenlose Erleichterung.

Also das *ist nicht Sera.*

Dann jedoch blickte sie noch einmal in die Tiefkühltruhe.

Beim Anblick der mumifizierten Leiche schossen ihr Dutzende Fragen durch den Kopf.

»Frau Dr. Bodde«, es war Buschmann, die die erste, naheliegendste Frage stellte, »haben Sie die Frau inzwischen identifizieren können?«

Bedauernd schüttelte die Kriminaltechnikerin den

Kopf. »Ich befürchte, der Zustand der Leiche lässt eine rasche Identifikation kaum zu.«

»Eine Abnahme der Fingerabdrücke ist nicht möglich?«, hakte Jamina nach.

»Es gibt durchaus forensische Techniken, die wir dafür anwenden können – aber diese brauchen Zeit.«

»Was ist mit den Zähnen?«

»Sofern das Opfer bei einem Zahnarzt in Behandlung war, ja, wäre eine zahnmedizinische Identifikation sicher möglich, aber auch diese wird dauern.«

»Herr Dr. Wittpfuhl«, Oswald, der sich dem Gerichtsmediziner zuwandte, stellte die zweite wichtige Frage, »was meinen Sie, wie lange ist die Frau schon tot?«

»Nun«, Dr. Wittpfuhl beäugte die Leiche aus der Nähe, »ich meine, dass ich Ihnen *das* erst nach der Obduktion mit Bestimmtheit sagen kann.«

»Natürlich, aber was würden Sie schätzen?«

»Ich schätze, dass ich Ihnen das lieber erst nach –«

»Herr Dr. Wittpfuhl, bitte!«

Der Gerichtsmediziner seufzte. »Schätzungsweise seit zehn Jahren.«

»Sind Sie sicher?«

»Nein!«, bellte Dr. Wittpfuhl verärgert. »Nein, Herr

von Oswald, das bin ich nicht, weil es sich ja nur um eine Schätzung handelt.«

»Himmelherrgott, ja«, entschuldigend hob Oswald die Hände, »aber zehn Jahre, das wäre in etwa so der Zeitrahmen, richtig?«

Mit einem neuerlichen Seufzer drehte sich Dr. Wittpfuhl zu Buschmann um. »Ich nehme an, die Truhe stand lange Zeit unberührt hier im Kellerraum und wurde erst heute geöffnet.«

»Das ist richtig, sie war sogar mit einer Kette und einem Schloss verhangen.« Buschmann wies zu den Kriminaltechnikern, die in eben dieser Sekunde die Kette und das alte Schloss in Beweismittelbeutel verpackten.

»Wer hat das Schloss denn geöffnet?«, fragte Oswald.

»Die Bauarbeiter, die damit begonnen haben, die Kellerräume zu entrümpeln.«

»Und wie?«

»Mit ihrer Schaufel. Einfach draufgehauen.«

»Wieso haben Sie die Gefriertruhe überhaupt geöffnet?«, fragte Jamina.

»Weil sie ihnen ungewöhnlich schwer vorkam«, erwiderte Buschmann. »Sie dachten, es wäre einfacher, wenn sie die Truhe und den Inhalt einzeln hochtragen.

Einer von ihnen soll sogar noch gescherzt haben, von wegen, da liegt bestimmt eine Leiche drin.«

»Dem ist sicher das Lachen vergangen«, bemerkte Oswald.

»Also bitte«, echauffierte sich Dr. Wittpfuhl, »wollen Sie jetzt weiter über die Bauarbeiter reden oder –«

»Entschuldigung«, brummte Oswald, »bitte, Herr Dr. Wittpfuhl, fahren Sie fort.«

»Nun, offenkundig war die Truhe also sehr lange Zeit geschlossen, und dies mit großer Wahrscheinlichkeit luftdicht. Anders lässt sich der Zustand der Leiche nicht erklären, sie ist völlig ausgetrocknet und geschrumpft.«

»Also mumifiziert.«

»Genau, weil die Verwesungsflüssigkeit nicht entweichen konnte und auch die Bakterien und Insekten, die zur Zersetzung beitragen, fehlten. Schauen Sie«, Dr. Wittpfuhl beugte sich dichter über die Leiche, »die Haut wurde lederartig, deshalb die dunkelbraune Verfärbung, und sie hat sich straff an die Knochen angeschmiegt.«

»Eben deshalb«, bemerkte Dr. Bodde, »ist auch eine Fingerabdrucknahme schwierig.«

Jamina, die genug gesehen und gehört hatte, wollte sich umdrehen, den Flur entlanglaufen, die Treppe nach oben und ins Freie.

Sie brauchte dringend frische Luft.

Trotzdem blieb sie stehen, weil Oswald die dritte wichtige Frage stellte. »Und was, Herr Dr. Wittpfuhl, glauben Sie, war die Todesursache?«

»Erst soll ich schätzen, jetzt soll ich glauben.«

»Gottverdammt, Sie wissen, was ich meine!«

»Ich meine«, seufzend richtete sich Dr. Wittpfuhl auf, »dass eine klare Antwort bei einer so lang gelagerten Leiche schwierig ist.«

»Was ist mit der Fraktur am Schädel?«

»Ja, zweifellos hat das Opfer eine starke Verletzung am Kopf erlitten.«

»Wurde sie erschlagen?«

»Das ist durchaus möglich.«

»Andere Wunden kann ich zumindest nicht erkennen.«

»Vielleicht ist sie auch inneren Verletzungen erlegen. Oder wurde vergiftet. Aber *das,* Herr von Oswald, werde ich Ihnen erst nach der Obduktion mit Gewissheit sagen können. Und wenn jetzt nichts weiter ist …« Ohne ein weiteres Wort stapfte Dr. Wittpfuhl zur Treppe davon.

Schneller als ihre Kollegen eilte Jamina ihm nach.

Draußen sogen sie erleichtert die frische Luft in ihre Lungen.

Unter den finsteren Blicken von Ferenci und seinem

Sekretär, die nach wie vor ungeduldig auf der Baustelle ausharrten, rissen sie sich die Schutzanzüge vom Leib und entsorgten sie in den Schuttcontainer.

Jamina atmete tief durch. »Uschi«, obwohl sie die Antwort darauf bereits zu ahnen glaubte, war es Zeit für die letzte, wahrscheinlich aber wichtigste Frage, »was hat die Tote mit Sera zu tun?«

SECHSUNDDREISSIG

Du saßt an einem der Tische im Café und machtest Pause.

Draußen schien die Sonne, es war schönstes Sommerwetter und du hattest das Gefühl, hier drinnen zu versauern.

Es muss ja nicht perfekt sein, Hauptsache …

Du verdrängtest den Gedanken, lehntest dich angefressen auf deinem Stuhl zurück, trankst einen Schluck Kaffee, dann hattest du Ken eine SMS geschrieben: *Weiß noch nicht, ob ich Samstagnacht arbeiten muss.*

Es dauerte keine zehn Sekunden, ehe er antwortete: *du und deine arbeit.*

Du schriebst: *Ich hab wenigstens eine.*

Er: *ich will keine :-)*

Was dir dann doch ein Schmunzeln entlockte.

Für eine Weile beobachtetest du die wenigen Gäste, die sich zu dieser Mittagsstunde ins Café verirrt hatten.

Eine junge Frau, die aufgebracht in ihr Handy sprach.

Ein altes Ehepaar, das sich lautstark über sein Zimmer echauffierte.

Ein Geschäftsmann, der sich vergeblich auf seinen Laptop zu konzentrieren versuchte, weil ein kleiner Junge mit einem Plastikball Fußball spielte.

Mit emporgerissenen Armen rannte der Kleine zwischen den Tischen herum und rief: *»Tor, Tor, Tor!«*

Dein Handy gab das Signal einer weiteren SMS.

Wieder Ken: *heute abend? hab kiffe!*

Du schriebst: *Klingt nach nem Plan.*

Als du die Nachricht verschickt hattest, bemerktest du den Jungen, der vor dir stehengeblieben war. Du wolltest ihn ignorieren, aber das war nur schwer möglich.

»Hallo«, verkündete er, »ich bin Messi!« Erneut hob er die Arme.

Du nicktest knapp. »Hallo, Messi«, meintest du, bemüht, höflich zu bleiben, schließlich gehörte er zu den Gästen. »Schön, dich zu treffen.«

»Kannst du auch Fußball spielen?«

»Ich?«, fragtest du mit einem gezwungenen Lächeln, »eher nicht.«

»Entschuldige bitte«, rief die junge Frau, die ihr Telefon beiseitelegte. Noch immer schien sie wütend. »Manchmal ist er voller Energie.«

Du glaubtest, sie schon ein- oder zweimal im Café gesehen zu haben.

»Torben«, sie winkte den Jungen zu sich, »komm her und lass den Mann in Ruhe.« Sie bedachte dich mit einem entschuldigenden Lächeln.

Es war offensichtlich, dass sie nur freundlich sein wollte, aber du fühltest dich nicht danach.

»Schon gut«, meintest du, ohne wirklich hinzusehen.

Doch Torben ließ sich nicht abschütteln. »Willst du mitspielen?«

»Nein, ich sagte doch, ich kann nicht spielen.« Dir wurde bewusst, wie schroff du geklungen hattest, deshalb beeiltest du dich, hinzuzufügen: »Aber ich schaue dir gerne dabei zu.«

Torben strahlte und begann, noch schneller um die Tische zu rennen. *»Tor! Tor! Tor!«*

Etwas an ihm berührte dich widerwillig.

Der Geschäftsmann verdrehte seufzend die Augen.

Torbens Mutter lächelte dankbar. Dann streckte sie dir die Hand entgegen. »Ich bin Lotti.«

»*Tor, Tor, Tor*«, jubelte Torben.

Du hast Lottis Hand genommen, kurz angebunden deinen Namen gesagt.

»Freut mich, dich kennenzulernen«, sagte sie. »Du arbeitest hier, oder?«

»Ja.«

»Hab dich schon öfter gesehen.«

»Mhm.«

»Wir haben ein Hotel um die Ecke, für ein paar Nächte«, sie lächelte, aber es lag nur wenig Freude in ihrem Gesicht, »quasi auf der Flucht.«

»Ach so.«

»Aber es ist schön hier.«

»Klar«, meintest du, immer noch nicht ganz bei der Sache.

Bis Torben wieder vor dir stand, diesmal mit einem Grinsen im Gesicht. Er streckte dir seine kleinen Hände entgegen. »Willst du mein Torwart sein?«

Du schautest in seine strahlenden Augen.

Dann bemerktest du den entnervten Blick des Geschäftsmannes. Und plötzlich dachtest du: *Hauptsache, du tust das, was dir Spaß macht.*

»Na gut«, sagtest du.

»Jaaaaa!«, juchzte Torben.

»Und wie machen wir das?«

Begeistert erklärte Torben dir die Spielregeln, die im Grunde nur darin bestanden, dass er den Ball in deine Richtung schoss, damit du ihn kicktest.

Was du dann auch getan hast.

»Tor! Tor! Tor!«, schrie Torben.

»Tor! Tor! Tor!«, hast du eingestimmt.

Der Geschäftsmann klappte seinen Laptop zu und verschwand.

Lotti dagegen lachte.

Nachdem ihr eine Weile herumgekickt hattet, kehrtest du mit Torben an ihren Tisch zurück.

»Danke«, sie lächelte dich an, »dass du mitgespielt hast.«

»Schon okay.«

»Das hat ihm viel bedeutet.«

»Freut mich.«

»Darf ich dich auf einen Kaffee einladen?«, fragte Lotti.

Was dich unweigerlich zum Lachen brachte. »Ich arbeite hier, schon vergessen?«

»Ach so, ja«, lachend schlug sie sich an die Stirn, »entschuldige.«

»Schon gut.«

»Nicht alle sind zum Entspannen hier.«

»Ihr dagegen schon.«

»Na ja«, machte Lotti.

Fragend sahst du sie an.

»Na ja«, wiederholte sie, »nicht wirklich.« Sie zögerte. »Mein Mann … Torbens Vater …«, ihr Lächeln schwand, »wir haben uns getrennt.«

Während drei Studenten das Café betraten und sich an einen der Tische am Schaufenster setzten, glaubtest du, zu verstehen.

Wir haben ein Hotel um die Ecke, für ein paar Nächte, quasi auf der Flucht.

»Schon vor einer ganzen Weile«, fügte Lotti hinzu, »und auch davor lief es schon nicht mehr gut zwischen uns.«

»Verstehe.«

»Manchmal merkt man das nicht, man lebt nur so vor sich hin.«

»Klar.«

»Aber irgendwann war uns klar, dass es keinen Sinn mehr macht, aber … Ach je!« Sie schlug sich die Hand vor den Mund. »Was rede ich hier eigentlich?«

»Alles gut.«

»Ich quatsch dich einfach zu und –«

»Wirklich!«

Verlegen schüttelte sie den Kopf.

Du dagegen merktest, dass sich etwas in deiner Haltung geändert hatte. »Es hat mir Spaß gemacht«, sagtest du, »Torben ist ein toller Junge.«

»Er kann wirklich anstrengend sein, aber ja«, lächelnd blickte Lotti zu ihrem Sohn, »er ist toll.«

»Können wir noch mal spielen?«, fragte Torben.

Bedauernd schütteltest du den Kopf. »Tut mir leid, Kleiner, aber«, du deutetest zu den Studenten, die wiederholt auf sich aufmerksam zu machen versuchten, »ich muss jetzt wieder arbeiten.«

Torben zog einen enttäuschten Flunsch.

»Aber bestimmt können wir das morgen mal wiederholen«, fügtest du rasch hinzu.

»Er würde sich sicher freuen«, meinte Lotti, »und ich auch.«

Du nicktest. »Ja, das wäre schön.« Und das war nicht gelogen.

SIEBENUNDDREISSIG

Jamina musste auf die Antwort warten, weil Buschmann ihre liebe Not hatte mit ihrem Schutzanzug und ihrem schmerzenden Rücken.

Was hat die Tote mit Sera zu tun?

Dann endlich hatte sich Buschmann von ihrem Anzug befreit. »An der Gefriertruhe …«, japsend zerknüllte sie das Plastik, »an der Truhe hat die Spurensicherung Fingerabdrücke gesichert, die nicht nur mit einigen übereinstimmen, die in Seras Wohnung gefunden wurden, sondern auch mit denen in der Wohnung über dem *Ernie & Bert.*«

»Also denen von Gerry Michels«, konstatierte Oswald.

»Davon ist wohl auszugehen.«

»Ihr wisst, was das wahrscheinlich bedeutet, oder?«

»Wahrscheinlich?«, wiederholte Jamina und konnte ihren Groll in der Stimme kaum verbergen. »*Ganz sicher* hat dieser Gerry die junge Frau getötet und in der Gefriertruhe im Keller entsorgt!«

»Jetzt klingst du schon wie Leon!«

»Bist du anderer Ansicht?«

»Nein«, Oswald schüttelte den Kopf, »der Verdacht

liegt auf der Hand.« Dann drehte er sich um. »Wir müssen noch einmal mit Herrn Ferenci –«

»*Dr.* Ferenci!«

»Ist ja gut, Jamina, ich habe –«

»*Frau Buschmann! Frau Stark!*« Im knisternden Schutzanzug stolperte ein Kriminaltechniker aus dem Haus. *»Herr von Oswald!«* In seiner Hand schwenkte er mehrere Beweismittelbeutel.

»Was ist das?«, wollte Oswald wissen.

»Wir haben die Truhe gerade beiseite bewegt, dabei ist die Leiche verrutscht, weshalb das hier«, der Kriminaltechniker zeigte ihm den Beutelinhalt, »unter ihr zum Vorschein kam.«

In dem einen Beutel befand sich eine vertrocknete, fleckige Lederhandtasche, in dem anderen ein rissiges Handy, in noch einem anderen eine vergammelte Geldbörse, im vierten und letzten ein überraschend unbeschadeter Plastik-Führerschein.

Das Dokument war ausgestellt auf *Alina Volpert, zweiundzwanzig.*

Schon hatte Buschmann ihr Telefon in der Hand und wählte die Nummer des Präsidiums.

Unterdessen begaben sich Jamina und ihr Kollege zum Hauseigentümer. »Herr Dr. Ferenci!«

»Na endlich!«, bellte dieser. »Ich hoffe, Sie können mir jetzt endlich sagen, wie lange das alles noch dauert?«

»Das würden wir gerne erfahren«, sagte Balkum, sein Sekretär.

Oswald ging nicht darauf ein. »Wir brauchen Informationen über die Mieter, die zuletzt in Ihrem Haus gewohnt haben.«

Ferenci ächzte. »Darum kümmert sich mein Sekretär.«

»Endlich, Herr Balkum«, murmelte Jamina, »*Ihr eigener Auftritt.*«

Womit sie sich einen strafenden Blick von Oswald einhandelte.

Balkum musterte sie irritiert. »Wie meinen Sie das?«

»Die Mieter, bitte«, beeilte sich Oswald zu sagen. »Vor allem die, denen Kellerraum Nummer sechs gehörte.«

»Woher soll ich das denn wissen?«, stöhnte Balkum.

»Steht das nicht in ihren Unterlagen?« Oswald deutete auf die Aktenordner, die zu Füßen des Sekretärs standen.

Als fürchtete er um die Akten, hob Balkum sie erschrocken auf. »Wieso sollte ich die alten Mietverträge mit mir rumschleppen?«

»Dann sollten Sie sie jetzt holen.«

»Unser Büro ist in München.«

»Dann rufen Sie dort an.«

»Jetzt?«

»Nein, nächste Woche.«

Balkum runzelte die Stirn. »Sie meinen –«

»Gottverdammt!«, fluchte Oswald *»Jetzt machen Sie schon!«*

Erschrocken zuckte Balkum zusammen und um ein Haar fielen ihm die Aktenordner vom Arm.

Während er sie mit der einen Hand umständlich balancierte, fischte er mit der anderen sein Handy aus der Hosentasche. Dann wählte er und wartete. »Ja, ich bin's, ja, ich brauche die alten Verträge zu dem Mietobjekt in Berlin. Ja, Jean-Calas-Weg.« Minuten vergingen. »Genau, und zwar – Kellerraum Nummer sechs. Ja. Aha. Die Wohnung, zweite Etage links. Wer war der Mieter?« Kurze Pause, dann, an Oswald gewandt: »Ein Adam Peters.«

»Kein Gerry Michels?«, fragte Oswald.

»Nein.«

»Sind Sie sicher?«

»Adam Peters. Das ist der Name, der im Mietvertrag steht.«

»Gab es unter den anderen Mietern einen Gerry Michels?«

Balkum gab die Frage weiter.

Diesmal dauerte es noch länger, bis er antwortete. »Nein.«

Jamina nickte, weil sie nichts anderes erwartet hatte.

Auch Oswald wirkte nicht sonderlich überrascht.

Unterdessen näherte sich Buschmann.

»Uschi«, Jamina und ihr Kollege liefen ihr entgegen, »die Wohnung in der zweiten Etage links, da muss die Spurensicherung rein.«

»War das die Wohnung von Gerry Michels?«

»Höchstwahrscheinlich«, brummte Oswald, »nur dass er damals wohl einen anderen Namen trug – Adam Peters.«

»Wie auch immer er sich genannt hat«, fügte Jamina hinzu, »er hat Alina Volpert auf dem Gewissen. Uschi, was hast du über sie in Erfahrung gebracht?«

»Sie war Studentin, wohnte wie ihre ein Jahr jüngere Schwester Fiona noch bei ihren Eltern, Herbert und Magda Volpert, Löwenbruchweg in Lichtenrade. Sie haben Alina vor knapp elf Jahren vermisst gemeldet.«

Für Sekunden hüllten sie sich in betroffenes Schweigen.

Das Opfer ist schätzungsweise seit zehn Jahren tot.

Bis Buschmann schließlich fragte: »Dieser Gerry oder Adam …«

»Herrgott«, fluchte Oswald, »wer ist dieser Mistkerl in Wahrheit?«

Eine berechtigte Frage, wie Jamina fand. »Aber eine andere Frage scheint mir weitaus dringlicher.«

»Welche?«, wollte Buschmann wissen.

»Was hat er mit Sera gemacht?«

Wahrscheinlich ist sie in großer Gefahr.

»Jamina«, Oswald schritt zum Passat, »lass uns mit Alinas Eltern reden.«

ACHTUNDDREISSIG

Es war ausgerechnet Torben, der dich für sich gewann – und schließlich auch für Lotti.

Natürlich hat Ken dich deswegen aufgezogen, einmal wurde er sogar mächtig wütend.

Bloß keine Kinder!

Aber du hast ihm versichert, dass du diesmal alles anders machen würdest, dass auch Lotti nach ihrer Scheidung keinerlei Anstalten machte, etwas zu überstürzen.

Und dass sich sowieso nichts an eurer Freundschaft änderte, nur weil du mit Lotti und Torben ab und zu mal den Zoo besuchtest, Ausflüge in den Tiergarten unternahmst, über Trödelmärkte stöbertest, auf einen Spielplatz fuhrst.

Manchmal war sogar Ken mit dabei, und meist gab er sich sogar Mühe, sich nicht wie der letzte Blödian aufzuführen.

Was vielleicht daran lag, dass auch Lotti ab und zu mal gerne trank, dass sie einem Joint nicht abgeneigt war, dass sie mit euch auf Partys ging, immer dann, wenn Torben das Wochenende bei seinem Vater verbrachte.

Schon bald ward ihr zusammen, und Torben hatte sich an dich gewöhnt.

Du dagegen warst froh, wenn er mal bei seinem Vater war. Dann hattest du etwas Zeit mit Lotti, sie kam zu dir raus nach Pankow, hatte sich was Feines angezogen, du kochtest für sie.

»Noch einen Moment«, sagtest du, kaum dass sie in der Tür stand.

In ihrer Trägerbluse, die mehr enthüllte als verbarg, dem kurzen Rock und ihren Hackenschuhen sah sie wirklich hinreißend aus.

Aber die Sauce kochte gerade auf, das Fleisch musste gewendet werden.

Lotti hockte sich vor den laufenden Fernseher.

Währenddessen habt ihr herumgealbert, Pläne geschmiedet, ihr wolltet am nächsten Tag mit Torben auf den Waldspielplatz in Grünau, und plötzlich, noch vor dem Essen, lagt ihr auf der Couch und habt euch geküsst.

Du hast sie ausgezogen, sie spielte an dir herum.

Bis du merktest, dass sie nicht mehr richtig bei der Sache war.

Ihr Blick ging zum Fernseher, auf dem die Nachrichten liefen, eine Pressekonferenz, ein wildes Stimmen-wirrwar.

»Herr Dr. Salm, seit gestern Abend wird wieder ein junges Mädchen vermisst.«

»Die siebenjährige Hannah K. aus dem Prinzenviertel!«

»Herr Dr. Salm, gibt es eine Verbindung zum Mordfall Sofie S. vor einer Woche?«

»Stimmt es, dass die heute Morgen in der Wuhlheide gefundene Leiche die der vermissten Hannah ist?«

»Haben wir es in Berlin mit einem Serienmörder zu tun?«

Dein Schwanz war erschlafft. »Lotti?«

Bestürzt schaute sie zu dir auf. »Stell dir vor, so was würde mit Torben passieren.«

Du hattest keine Ahnung, wie sie darauf kam, ausgerechnet jetzt.

Beruhigend legtest du deine Hand auf ihre nackte Schulter. »Das wird nicht passieren, wieso sollte es?«

»Ich weiß nicht, ich … ich hab nur manchmal Angst, wenn ich solche Nachrichten höre.« Mühsam hielt sie ihre Tränen zurück. »Die Welt da draußen ist so grausam.«

»Ach was, was soll denn passieren?«

»Ich weiß es nicht.«

»Es wird nichts passieren.« Du hast nach ihr gegriffen, sie zu dich hochgezogen. »Und jetzt komm, lass uns wieder …« Aber weiter kamst du nicht.

Ihre Umarmung war fest, voller Verzweiflung, und dir wurde klar, dass der Abend gelaufen war.

Am nächsten Morgen seid ihr mit Torben auf den Waldspielplatz nach Grünau.

»Schaut mal«, rief er begeistert, »eine riesige Lokomotive!«

Du bist mit ihm die aus Baumstämmen geschnitzte Lok gefahren, klettertest mit ihm über das Holz-Pferd und die Kutsche und hast mit ihm wieder und wieder auf die große Torwand geschoßen.

Für einen Moment warst du selbst ein kleines Kind, ein glückliches Kind, das du nie gewesen bist, weil –

Du hörtest Lotti deinen Namen rufen.

»Was ist?«, fragtest du.

»Wo ist Torben?«

»Gerade eben war er noch bei den Wippe.«

»Da ist er nicht!«

»Er kann nicht weg sein.«

»Er ist aber weg!«, blaffte Lotti.

Du hast dich umgesehen. *»Torben?«*

»TORBEN!«, schrie Lotti.

»TORBEN!«, brülltest du.

Torben war weg.

NEUNUNDDREISSIG

Jamina und ihr Kollege brauchten eine gefühlte Ewigkeit bis nach Lichtenrade.

Der Löwenbruchweg war eine Nebenstraße in einer Neubausiedlung – hübsche Familienhäuser mit Garagen, Gärten, Kinderschaukeln und Sandkästen, ein Idyll fast wie auf dem Dorf. Die Hausnummer 12 erwies sich als eine verklinkerte Doppelhaushälfte. Im Vorgarten blühten die ersten Narzissen, Tulpen und Primeln.

Jamina wollte die Klingel drücken, ließ es dann aber bleiben.

»Was ist?«, wunderte sich Oswald.

Aus dem Haus war ausgelassenes Lachen zu vernehmen.

Außerdem begann in dieser Sekunde Jaminas Handy zu klingeln.

Es war Pospiech.

Rasch nahm sie den Anruf ihres Kollegen entgegen. »Ja?«

»Ich bin endlich da«, erscholl seine aufgeregte Stimme aus dem Telefon, so laut, dass sogar Oswald es hören konnte und seine Augen verdrehte, »auf der Baustelle in Pankow. Stimmt das? Dieser Gerry hat diese junge Frau ermordet?«

»Daran besteht kaum ein Zweifel.«

»Und er lebte dort noch unter einem anderen Namen? Adam Peters?«

»Auch danach schaut es aus.«

»Uschi hat seinen Namen bereits überprüft: nicht vorbestraft, keine Geschwister, seine Eltern verstorben, aber …« Pospiech schnappte nach Luft, »jetzt der kommt der Knaller: Er hat sich nie im Jean-Calas-Weg abgemeldet, nirgendwo anders wieder angemeldet.«

»Mit anderen Worten: Er ist untergetaucht, hat einen neuen Namen angenommen.«

»Und wo seid ihr jetzt?«

»Wir befragen die Eltern von Alina Volpert.«

»Braucht ihr Hilfe?«

Oswald schüttelte abwehrend die Hände.

»Ich bin mir sicher«, sagte Jamina, »in Pankow ist noch genug zu tun – die ehemalige Wohnung von Gerry Michels alias Adam Peters muss untersucht werden.«

»Ja, aber da ist die Spurensicherung doch schon drin.«

»Und?«

»Sie ist voll mit den Fingerabdrücken dieses Gerrys, Adams oder wie auch immer.«

»Dann müssen jetzt auch die Nachbarn nach ihm befragt werden.« Jamina trennte die Verbindung, weil in dieser Sekunde die Haustür aufging.

Lachend trat eine junge Frau ins Freie, ihren Blick noch einmal über die Schulter zurück ins Haus gerichtet. »Dann bis heute Abend, ich bin –« Sie zuckte zusammen, als sie wieder nach vorne schaute und Jamina und ihren Kollegen bemerkte. »Hilfe, haben Sie mich erschreckt!«

»Fiona Volpert?«

»Äh ja«, machte Fiona.

»Kriminalpolizei.« Jamina hielt ihren Dienstausweis hoch. »Sind Ihre Eltern auch zuhause?«

Fiona starrte auf den Ausweis. »Geht es …«, ihr Lachen erstarb endgültig, »geht es um Alina?«

»Wir müssen mit Ihnen und Ihren Eltern reden.«

»Haben Sie … haben Sie Alina gefunden?«

»Fiona«, kam es amüsiert aus dem Haus, »mit wem redest du denn da? Ich dachte, du wolltest zum Yoga.«

»Es ist die Polizei, Mama.«

Eine ältere Frau erschien im Flur. »Die Polizei?«

»Kriminalpolizei.«

Schlagartig schwand auch die Erheiterung der Mutter. Ihre Stimme klang gepresst, als sie fragte: »Sie haben Alina gefunden, richtig?«

»Frau Volpert«, sagte Oswald, »wir müssen mit Ihnen reden.«

»Sie haben sie gefunden!«

»Dürfen wir hereinkommen?«

»Sie ist tot!« Der Atem der Mutter ging schneller. Eine Träne löste sich aus ihrem Augenwinkel. Für einen Moment wirkte sie, als würden die Beine unter ihr nachgeben.

Fiona griff nach ihrem Arm. »Mama!«

Mit überraschender Heftigkeit fegte die Mutter Fionas Hand von sich weg, wischte sich die Augen, schnappte nach Luft und straffte ihre Haltung. »Kommen Sie.«

Sie drehte sich um und schritt voraus durch die Diele.

Fiona eilte ihr nach. »Ich rufe Papa an.«

»Nein!« Ihre Mutter wirbelte herum. »Nein, lass ihn noch auf der Arbeit.«

»Du willst —«

»Er wird es schon noch früh genug erfahren.«

»Aber —«

»Es wird ihn zerbrechen«, sagte die Mutter und ihre Stimme zitterte. »Lass ihm noch die paar Stunden.« Dann lief sie weiter.

Das Wohnzimmer war im Landhausstil eingerichtet, die Bilderrahmen an der Wand, der Schrank, der Tisch und die Couchgarnitur aus weißem Holz gefertigt, sogar die Lampenschirme aus weißem Glas.

Alles war sorgsam drapiert, die Tischdecke auf dem Couchtisch, das Stövchen mit der Teekanne, daneben eine dampfende Teetasse, die Keramikvase mit gelben Rosen. Selbst die Baumwolldecke, die gefaltet auf der Sofakante lag, schien nicht dem Zufall überlassen.

Inmitten dieser heilen Welt blieb die Mutter stehen. »Möchten Sie einen Tee?« Sie deutete zur Teekanne. »Ich habe gerade erst frischen aufgebrüht.«

»Mama«, zischte Fiona.

»Nein, danke«, sagte Oswald.

»Oder vielleicht Kaffee?«

»Mama!«

»Weder noch«, meinte Oswald.

»Wir haben auch Saft und —«

»Mama!«

Die Mutter zuckte zusammen. Ihre Lippen bebten. »Ich hole Ihnen Saft, frischgepressten Saft.« Sie wartete eine Antwort nicht ab und floh in die Diele davon.

Bestürzt starrte Fiona ihr nach.

Kurz darauf war aus der Küche das Klirren von Gläsern zu hören.

»Meine Eltern«, Fionas Stimme war nur ein Flüstern, »sie … sie haben die Hoffnung nie aufgeben.«

»Verstehe«, sagte Jamina.

»Sie haben immer daran geglaubt, dass Alina irgendwann wieder zurückkehrt. Immer. Seit fast elf Jahren.« Fiona stockte. »Bis heute.«

»Natürlich haben wir daran geglaubt«, ließ sich die Mutter vernehmen, die mit zwei Gläsern und einer Karaffe mit Saft im Türrahmen stand. »Denn es war ja auch kein schlimmer Streit.«

»Mama, das …«

»Nur das übliche in ihrem Alter, ihr Leben, ihre Pläne.«

»… das hatte nichts mit eurem Streit zu tun.«

»Du weißt doch, wie deine Schwester war, immer so wild und so aufgedreht, ständig auf Partys, der Alkohol und die Drogen –«

»Jetzt übertreib nicht!«

»Wir haben gedacht, sie ist nur mal wieder sauer auf uns.«

»Außerdem wäre sie deshalb niemals abgehauen. Niemals für so lange Zeit.«

»Aber was denn sonst?« Resigniert stellte die Mutter die Gläser und die Karaffe auf den Tisch. Sie sank auf die Couch, griff nach der Baumwolldecke und begann, daran zu zupfen. »Sie wollte einfach nur ihre Ruhe haben.«

Fiona schüttelte den Kopf, sagte aber nichts.

»Frau Volpert«, fragte Jamina, »hatte sich Alina in den Tagen und Wochen vor ihrem Verschwinden seltsam verhalten?«

»Seltsam?«, wiederholte die Mutter.

»Was meinen sie damit?«, wollte Fiona wissen.

»Wirkte sie anders als sonst? Verändert?«

Die Mutter lachte auf. »Sie war immer anders, so … verrückt.«

»Du übertreibst wirklich!«, meinte Fiona.

»Aber sie war halt so!« Die Mutter zupfte an der Decke. »Deshalb haben wir uns ja gestritten.«

»Trotzdem wäre sie deshalb niemals einfach so verschwunden«, beharrte Fiona.

»Hatte Alina einen Freund?«, wollte Oswald wissen.

»Ich weiß nicht«, die Mutter deutete ein schwaches Schulterzucken an, »sie hat da nie viel drüber geredet und —«

»Haben Sie sie darauf angesprochen?«

»Wozu?«, fragte Fiona. »Wir wussten ja, dass sie da immer ihr eigenes Ding macht.«

»Aber es könnte sein, dass sie einen Freund hatte.«

»Klar.«

»Haben Sie der Polizei das gesagt?«

»Natürlich hab ich das«, jäh schlich sich Wut in Fionas Stimme, »aber Ihre Kollegen haben es abgetan.«

»Sie sind Ihrem Hinweis nicht weiter nachgegangen?«

»*Nein!*«, stieß Fiona zornig hervor. »Sie haben gesagt, dass wir uns keine Sorgen machen sollen, weil Alina sicher nur ausgerissen ist, das wäre doch normal, ein junges Mädchen, abenteuerlustig, außerdem nach einem Streit mit den Eltern.«

»Und wir …« mit ihren Händen umkrampfte die Mutter die Decke, »wir haben das ja auch geglaubt. Dass sie doch nur weggelaufen ist und bald wiederkommt. Daran haben wir geglaubt, verstehen Sie?«

In die beklommene Stille, die den Raum erfasste, klang Oswalds klingelndes Handy umso schriller.

Rasch warf er einen Blick aufs Display. »Entschuldigung«, mit dem läutenden Telefon eilte er hinaus in die Diele, »den Anruf muss ich entgegennehmen.« Dann zog er die Tür hinter sich zu.

Nur gedämpft war seine Stimme noch zu hören.

»Frau Volpert«, sagte Jamina, »Fiona, sagt Ihnen der Name Gerry Michels etwas?«

»Wer ist das?«, fragte die Mutter.

»Adam Peters?«

»Und wer ist *das*?«, wollte Fiona wissen.

»Hat Alina je einen der beiden Namen erwähnt?«

»Nein«, erwiderte die Mutter.

»Nein«, sagte Fiona, »ist das —«

»Überlegen Sie bitte!«

»Wirklich nicht, die Namen sagen mir nichts.«

»Und Ihnen, Frau Volpert?«

»Nein«, die Mutter schüttelte den Kopf, »nein.« Ihr Deckenzupfen hielt inne. »Sind das die Männer, die Alina …« Den Rest ließ sie unausgesprochen.

Es war Fiona, die fragte: »Ist sie wirklich tot?«

Die Mutter schnappte nach Luft.

»Natürlich müssen wir zur endgültigen Identifikation noch einen DNA-Abgleich vornehmen, aber …« Jamina zögerte. »Wir sind uns sicher, dass es sich bei der heute gefundenen Leiche um Alina handelt.«

Die Hände der Mutter krallten sich in die Decke.

»Was hat man ihr angetan?«, flüsterte Fiona.

»Es tut mir leid, aber …«

»Hat sie sehr leiden müssen?«

»… ich darf Ihnen keine Auskünfte erteilen.«

Wieder erfasste betretenes Schweigen den Raum, in das Oswald platzte. »Also …« Er stutzte.

Fragend sah er zu Jamina.

Sie legte eine Visitenkarte auf den Tisch. »Falls Ihnen noch etwas einfällt.« Dann stand sie auf und ging an Oswald vorbei in die Diele.

Erst als sie zur Haustür hinaustraten, erklang ein bitterliches Schluchzen aus dem Haus.

»Möglicherweise das gleiche Muster wie bei Sera: ein Freund, von dem niemand wusste.« Jamina stieg in den Wagen.

»Ja«, meinte Oswald, während er einstieg, »und das ist längst nicht alles.«

Obwohl ihr warm war, fröstelte Jamina.

»Der Anruf gerade eben, das war Uschi.«

»Warum?«, fragte Jamina, obwohl sie sich nicht sicher war, ob sie die Antwort hören wollte.

Sie startete den Wagen und fuhr zurück zur Autobahn.

»Also, die Kriminaltechniker haben an der Tiefkühltruhe im Keller Baumwollfasern gesichert. Diese Fasern wiederum sind identisch zu denen, die im Fall einer vor fünf Jahren ermordeten Frau gefunden wurden. Offenbar stammen sie von einem Baumwollpulli, den wahrscheinlich der Täter getragen hat.«

»Der bis heute nicht gefasst wurde.«

»Nein.«

»Und wer war die Frau?«

»Eine gewisse Viktoria Hagen, fünfundzwanzig, aus Marzahn. Sie wurde vergewaltigt, erschlagen, ihre Leiche in einem Wald am Flakensee gefunden.«

»Hatte sie auch einen Freund, von dem niemand wusste?«

»Das weiß ich noch nicht.«

»Wir müssen dringend Einsicht in die Ermittlungsakte nehmen.«

»Uschi hat Leon aufs Präsidium geschickt, damit er uns die Akte schnellstmöglich beschafft.«

Jamina setzte den Blinker und bog in den Tunnel unter der A114. Hinter der Unterführung beschleunigte sie, viel zu schnell.

»Gottverdammt«, fluchte Oswald, »dieser Gerry ist womöglich –« Weiter kam er nicht.

Sein Handy klingelte erneut.

Zähneknirschend aktivierte er die Freisprecheinrichtung. »Herr Dr. Salm?«

»Stimmt das?«, bellte die Stimme des Dezernatsleiters. »Haben wir es tatsächlich mit einem Serienmörder zu tun?«

VIERZIG

Aus Minuten wurden Stunden.

Die Polizisten, die Torbens Verschwinden untersuchten, versuchten, euch zu beruhigen.

»Wir verstehen Ihre Angst, aber Sie sollten nicht in Panik verfallen«, erklärte dieser Kommissar, Oswald oder so. »Er könnte sich einfach verlaufen haben oder von etwas abgelenkt worden sein.«

»Ja«, sagtest du.

»Nein«, sagte Lotti, die mit dir vor dem Fernseher saß,

dicht an dicht gepresst, ihre Hand auf deinem Arm, während sie die Nachrichten sah.

Erneut wird in Berlin ein Kind vermisst, ließ die Sprecherin wissen. *Die Polizei bittet die Öffentlichkeit um Mithilfe bei der Suche nach dem sechsjährigen Torben W.*

Torben W. wird seit zweieinhalb Stunden vermisst. Zuletzt wurde er auf dem Waldspielplatz in Grünau gesehen. Er ist 1,23 Meter groß, hat braune Haare, trägt einen grünen Pulli mit dem Aufdruck Jurassic World, eine blaue Jeans und weiße Nike-Sportschuhe.

Die Polizei erklärt, dass es zur Stunde keine Hinweise gibt, die auf eine Verbindung zu den Morden an Sofie S. und Hannah K. schließen lassen. Die beiden Mädchen wurden Opfer eines Serienmörders.

Allein dieses Wort – Serienmörder!

»Nein«, Lottis Gesicht erbleichte und sie begann zu zittern. »Nein, nein«, schluchzte sie, »das darf nicht wahr sein!«

Du hattest einen Kloß im Hals. »Lotti«, auch du musstest gegen deine Ängste ankämpfen, »wir wissen nicht, ob das stimmt.«

»Sie haben gesagt –«

»Ach, die in den Medien spekulieren oft. Die Polizei wird uns informieren, wenn sie etwas weiß.«

»Aber —«

»Außerdem suchen sie mit allem, was sie haben, nach Torben.«

Tatsächlich leitete die Polizei alles in die Wege, sozusagen das volle Programm.

Hundertschaften durchkämmten beinahe jeden Winkel der Stadt. Spürhunde kamen zum Einsatz, sogar ein Hubschrauber.

»Wir unternehmen alles, was möglich ist, um Torben zu finden«, erklärte der Kommissar.

Doch Torben wurde nicht gefunden.

Aus Lottis Angst wurde schiere Panik, erst recht, als sie erfahren musste, was den bisherigen Opfern Sofie S. und Hanna K. widerfahren war: *gefoltert und ermordet, ein Stich ins Herz, zum Großteil verbrannt.*

»Wir bitten Sie, ruhig zu bleiben«, sagte der Kommissar, »und nicht den Mut zu verlieren.«

»Nicht den Mut verlieren? Torben ist in der Hand eines Serienmörders!«

»Es gibt bisher keine Hinweise darauf, dass er in Gefahr ist.«

»Wie soll ich denn da ruhig bleiben?«

Am nächsten Morgen sahst du Lotti mit ihrem Ex-Mann im Fernsehen, wo sie einem Häufchen Elend gleich vor einer Reportermeute saßen, in der Hoffnung, dass ihr bewegender Appell den Entführer erreichte.

Du derweil hast in deiner Wohnung in Pankow gehockt, auf den TV-Schirm gestarrt, und obwohl Torben nicht dein Sohn war, hat es dir das Herz zerrissen, als du Lotti hören sagtest:

»Torben ist erst sechs Jahre alt. Torben ist unser ein und alles. Torben mag Fußball und Lego-Dinos, am liebsten isst er Zitroneneis und – Torben hat sein ganzes Leben noch vor sich. Wer immer Torben in seiner Gewalt hat, bitte, geben Sie uns unseren Sohn zurück!«

Auch dich brachten die Ungewissheit und die Angst um den Verstand.

Niemand wusste, wo Torben war.

Die Medien spekulierten.

Die Polizei hatte keine konkreten Hinweise und jede Stunde ohne Nachricht ließ die Hoffnung schwinden.

Derweil war Lotti mit ihrem Ex-Mann noch auf dem Präsidium und wahrscheinlich würde sie vor dem späten Abend nicht zurückkehren.

Du aber konntest den Gedanken nicht ertragen, allein zu sein. Die Stille in deiner Wohnung machte dich wahnsinnig.

Also hast du beschlossen, zu Ken zu fahren.

Die Fahrt dorthin fühlte sich wie eine Flucht an, eine Flucht vor deinen eigenen Gedanken und Ängsten.

Als du vor der Fabrikhalle ankamst, war es bereits dunkel.

Das Gebäude wirkte gespenstisch im schwachen Licht der Straßenlaternen.

Kein Verkehr, keine Menschen, nur entfernt das Rattern einer S-Bahn, das rasch verklang.

In der Stille danach klang der Schrei umso lauter.

Dein Herz setzte einen Schlag aus, dein Blut gefror.

Der Schrei hatte verzweifelt und panisch geklungen.

Er war aus der Fabrikhalle gekommen.

Es war ein Kind gewesen.

Sofort bist du in die Halle gerannt.

Drinnen war es dunkel, der Boden mit rostigen Maschinenresten bedeckt, deren schemenhafte Gestalten wie Ungeheuer wirkten.

Von irgendwo war eine ängstliche Stimme zu hören.

Die Stimme eines kleinen Jungen.

Du hast ihn sofort erkannt.

Torben!

EINUNDVIERZIG

Während Jamina den Passat über die Bahnhofsstraße durch Blankenburg steuerte, hüllte sie sich in beklommenes Schweigen.

Haben wir es tatsächlich mit einem Serienmörder zu tun?

»Es deutet einiges darauf hin«, sagte Oswald.

»Einiges?«, tönte Dr. Salm aus dem Handy. »Ich würde sagen: sehr vieles!«

»Ja«, gab Oswald zu.

»Wie kann das sein? Warum hat das bis heute keiner gemerkt?«

»Eine berechtigte Frage.«

»Und wenn erst die Presse davon erfährt, meine Güte – ich kann die Schlagzeilen schon vor mir sehen: *Serienmörder tötet seit Jahren!*«

»Herr Dr. Salm …«

»Oder nein, noch wahrscheinlicher: *Brutaler Serienkiller versetzt Berlin in Angst und Schrecken!*«

»… wir haben –«

»Was haben Sie jetzt vor?«

»Also«, brummte Oswald. »Wir sind auf dem Weg zu den Eltern des zweiten Mordopfers.«

»Das zweite? Mein Güte, mit Frau Muth bereits das dritte Opfer!«

Jamina bog auf den Blankenburger Pflasterweg. »Noch ist ja gar nicht sicher, dass Frau Muth –«

»Wie auch immer, ich habe um Hilfe gebeten.«

»Hilfe?

»Dr. Vivien Zierzow ist bereits auf dem Weg nach Berlin. Eine renommierte Kriminalpsychologin …«

»Ich weiß, wer sie ist.«

»… die bereits in mehreren Mordserien den Ermittlern beratend beiseitestand. Dr. Zierzow wird auch Ihnen ab sofort zur Seite stehen.«

»Und wo ist sie?«

»Sie sitzt im Flugzeug aus München, wo sie –«

»So lange können wir nicht warten«, sagte Jamina, »die Zeit drängt.«

»Weshalb sie auch den erstbesten Flug genommen hat. Und sobald Frau Dr. Zierzow in Berlin eingetroffen ist, werden Sie sie bitte in den Fall einweihen, haben Sie verstanden?«

»Klar und deutlich.«

»Gut.« Dr. Salm legte auf.

Jamina seufzte.

»Er hat ja recht mit dieser Zierzow«, meinte Oswald.

»Natürlich hat er recht«, meinte Jamina, »es ist nur …
ach, keine Ahnung.«

Haben wir es tatsächlich mit einem Serienmörder zu tun?

Fluchend trat sie die Bremse, weil vor ihnen der
Verkehr ins Stocken geriet.

Ein Traktor knatterte gemächlich vor sich hin, bis er
nach rechts zwischen die Pankower Mohnfelder
verschwand.

Gegenüber lagen die grünen Bahnen des Golf
Resorts.

Eine Gruppe älterer Herren schlenderte mit ihren
Bags und Schlägern zum nächsten Loch.

Oswald brummte etwas.

»Wie bitte?«

»Also, eines verstehe ich immer noch nicht: Anders als
die beiden Mordopfer, die ja beinahe noch Teenager
waren —«

»Sie waren schon dreiundzwanzig und fünfundzwanzig!«, widersprach Jamina.

»Du weißt, was ich meine!«, wiegelte Oswald ab.
»Anders als die beiden war Sera …«

»War?«

»Gottverdammt, ja, Sera *ist* eine erwachsene Frau,
noch dazu eine Polizistin.«

»Worauf willst du hinaus?«

»Wieso hat sie das nicht gemerkt? Der Typ ist ein Serienkiller!«

»Als ob das so jemandem auf die Stirn geschrieben steht!«

»Wie konnte sie *diesem* Typen auf den Leim gehen?«

»Das wundert dich?«

»Dich nicht?«

»Sie lebt ihr *Leben. Wir leben unseres.«*

»Was?«, fragte Oswald.«

»Schon vergessen? Gestern Abend, die Worte ihres Vaters«, erklärte Jamina. »Und dessen Leben. Die Kultur. Türkische Bräuche. Strenge Regeln. Vorschriften. Konventionen. Wer weiß, wie sehr Sera selbst noch gefangen darin war. Frauen wie sie sind anfällig für Typen wie Gerry.«

»Vielleicht hast du recht.«

»Ich *habe* recht«, beharrte Jamina.

Oswald sah sie prüfend an.

Ich habe keine Ahnung, was dein Problem ist.

»Und trotzdem«, sagte er, »hat sich Gerry mit Sera die falsche Frau ausgesucht. Sie war kein leichtes Opfer für ihn.«

»Wie meinst du das denn jetzt?«

»Herrgott, jahrelang ist er mit seinen Morden unter dem Radar geblieben, die eine Leiche tauchte gar nicht auf, bei der anderen hinterließ er offenbar keine Spuren, die ihn entlarvten. Aber jetzt, sein Angriff auf Sera, die Nachbarn, die es mitbekamen, der unmittelbare Polizeieinsatz – jetzt plötzlich ist er leichtsinnig geworden, er hat Fehler begangen. Und nur deshalb sind wir ihm überhaupt auf die Schliche gekommen.«

»Mag ja sein, trotzdem – er hat Sera überrascht, verletzt, verschleppt.«

Oswald öffnete den Mund zu einer Antwort. Dann schloss er ihn wieder.

Sera ist in großer Gefahr.

ZWEIUNDVIERZIG

Ohne zu zögern, ranntest du los, über eine zerbrochene Leiter, vorbei an einer Backsteinmauer, in einen dunklen Gang.

Immer wieder stolpertest du über den Schrott, der überall herumlag.

Bis du eine Plastikplane erreichtest, die von der Decke baumelte.

Dahinter war wieder Torbens Schrei zu hören.

Eine Männerstimme, die redete, ungeduldig und bedrohlich.

Du schlugst die Plane zur Seite und bliebst wie angewurzelt stehen. *»Ken!«*

Im Zwielicht der Halle starrte er dich an.

»Ken«, deine Stimme zitterte vor Wut und Entsetzen. »Was machst du da?«

Er hockte dort, in der einen Hand ein Messer, mit der anderen drückte er Torben zu Boden.

Der Junge zappelte panisch. Tränen strömten über seine Wangen.

»Ken«, presstest du hervor, »lass ihn los!«

Über Kens Lippen glitt ein Lächeln. »Das kann ich nicht.«

»Red keinen Scheiß, du —«

»Verschwinde lieber!«

»Nein, ich —«

»Ich sagte …«

»Ken, verdammt, er ist ein Kind!«

»… verschwinde!«

Kopfschüttelnd machtest du einen Schritt nach vorne.

Ken riss den Jungen an sich.

Torben schrie auf.

»Du tust ihm weh«, sagtest du.

Ken lächelte noch immer. »Das hast du davon!«

»Was redest du da?«

»Du verstehst das nicht.«

Aber du verstandest sehr wohl, jetzt endgültig – Kens Eltern, die Pflegefamilien, das Heim, dort die Kinder, die wiederholten Demütigungen und Verletzungen.

Aber verdammt, war das eine Entschuldigung für das, was er tat?

Und noch etwas begannst du in dieser Sekunde zu begreifen: Ihr ward euch nicht ähnlich.

Seid ihr euch nie gewesen.

»Verschwinde!«, wiederholte Ken.

Du dagegen sahst die Angst in Torbens Augen, die Panik – und ohne weiter nachzudenken, stürmtest du auf Ken zu.

Der schwang das Messer mit voller Wucht.

Noch ehe es Torben traf, schlugst du Kens Arm zur Seite.

Die Klinge zischte nahe an deiner Leiste vorbei.

Du bekamst Kens Arm zu fassen.

Er ließ von Torben ab, packte stattdessen dich am Kragen.

Wie zwei Betrunkene torkelte ihr durch den Raum.

In einem Augenblick schrecklicher Klarheit sahst du das Messer auf dich zu rasen.

Erneut gelang es dir, Kens Hand abzulenken.

Die Klinge stach in die Luft, das Messer flog zu Boden.

Klirrend landete es im Dreck.

Sofort habt ihr beide euch draufgestürzt.

Du warst schneller, hast das Messer ergriffen und hochgerissen.

In der gleichen Sekunde sprang Ken auf dich zu, in seinen Augen nur noch Wut und Wahnsinn.

Die Messerklinge glitt in seinen Bauch.

Ken keuchte, seine Augen weiteten sich vor Schock und Schmerz, bevor er zusammenbrach und röchelnd liegen blieb.

Blut quoll aus seinem Mund.

»Verdammt!«, hast du geschrien und mit dem Messer auf ihn eingestochen. *»Was hast du getan?«*

Nur entfernt hörtest du Torben heulen.

»Du verdammtes Arschloch!« Wie von Sinnen stachst du zu, wieder und wieder.

Dann rammtest du ihm die Klinge in sein Herz.

Zitternd standest du über ihm, das blutige Messer noch in der Hand.

Du konntest nicht fassen, was geschehen war.

Was du getan hattest.

Du wolltest die Polizei rufen. Du wolltest zu Lotti. Du wolltest ihr sagen, dass du Torben gerettet hattest und dass alles wieder gut werden würde.

Aber das konntest du nicht.

Du konntest nicht zurück zu Lotti, zurück in dein altes Leben, denn nichts würde wieder gut werden.

Du hattest Ken getötet. Deinen besten Freund.

Er ist weg! Weg!

Und jetzt warst du selbst ein Mörder.

Torben wimmerte.

Es brauchte eine Weile, bis du wusstest, was du zu tun hattest.

DREIUNDVIERZIG

Jaminas Magengrummeln verstärkte sich, je näher sie ihrem Ziel kamen.

Sera ist in großer Gefahr.

Vieles hatte sich in Marzahn seit der Wende verändert, inzwischen gab es Supermärkte, Spielplätze, jede Menge

Grünflächen, die dennoch nicht über die tristen Hochhäuser hinwegtäuschten.

Vor der Ludwig-Renn-Straße 39 stand ein schrottreifes Auto. Aus Mülltonnen quoll der Abfall.

Die Eingangstür, deren Glas zersplittert war, stand offen.

Im Flur stank es nach Schweiß und Urin.

Ein klappernder Aufzug beförderte sie in den sechsten Stock.

Die Wohnung der Hagens befand sich am Ende eines stickigen Korridors, der muffig und nach Alkohol roch.

Das Linoleum war fleckig, voller Brandlöcher und Kaugummireste.

Aus einer Wohnung plärrte Hundegebell, aus einer anderen laute Rap-Musik.

Auch bei den Hagens ertönte Musik. *Weißt du, es ist alles so kalt und so leer.*

Jamina drückte die Klingel, doch keiner öffnete.

So ganz ohne dich.

Sie klingelte noch einmal.

Nichts.

Glaub mir, es ist alles so leer und so schwer.

Mit voller Wucht schlug Oswald gegen die Tür.

Endlich wurde die Musik leiser gestellt.

So ganz ohne dich.

Oswald klopfte erneut. »Hallo?«

»Ja, ja, ja!«, brüllte es drinnen. *»Ich komm ja schon.«* Die Tür flog auf und inmitten einer stinkenden Qualmwolke erschien ein Mann in fleckiger Hose und Kapuzenshirt. Das Haar stand ihm wild zerzaust zu Berge. *»Was ist denn schon wieder?«*

»Herr Hagen«, sagte Oswald, »wir sind —«

»Mir ist egal, wer Sie sind, ich brauch keine Zeitung!«

»Wir —«

»Und einen neuen Stromanbieter auch nicht!«

»Herrgott«, fluchte Oswald, »wir —«

»Und Ihren Gott können Sie sich auch sonst wohin stecken!« Hagen wollte seine Tür zuknallen.

»Kriminalpolizei!«, rief Oswald und zeigte seinen Dienstausweis.

Hagen verdrehte die Augen. »Hat sich wieder ein Nachbar beschwert?«

»Wir sind —«

»Ich mach die Musik ja schon leiser.«

»Es geht —«

»Aber sagen Sie das dann auch dem da vorne.« Hagen deutete zu der Wohnung, aus der noch immer die Rap-Musik plärrte.

»Herr Hagen«, sagte Jamina, »es geht um Viktoria.«

»Viki?« Schlagartig verpuffte Hagens Wut. Seine Schultern sackten herab. »Viki«, wiederholte er, ungleich leiser, sanfter. Und noch einmal, jetzt fast unhörbar, weil ihm die Kraft auszugehen schien: »Viki.«

»Dürfen wir hereinkommen?«

Wortlos drehte Hagen sich um und schleppte sich voraus ins Wohnzimmer.

Eine dichte Qualmwolke waberte unter der Decke.

Und seit du fort bist, ist mir eigentlich klar …

Er schaltete die Musik aus und sank auf eine knarzende, löchrige Couch.

Auf dem Tisch vor ihm quoll ein Aschenbecher über vor Kippen.

Der Teppichboden war verschmiert von Asche.

Der Schrank war zerschrammt.

Einzig die Bilder auf dem Regal, die eine junge Frau zeigten, Viktoria, seine Tochter, waren blitzblank geputzt.

»Herr Hagen«, fragte Jamina, »ist Ihre Frau zu Hause?«

»Meine Frau?«

»Ja, ist sie —«

»Sie ist tot!«

»Oh«, machte Jamina, »das tut mir leid.«

»Das wussten wir nicht«, beeilte sich Oswald, hinzuzufügen.

Jamina sah ihn fragend an. *Und* warum *wussten wir das nicht?*

Er deutete ein Schulterzucken an.

»Lieselotte ist gestorben«, sagte Hagen, »nur ein halbes Jahr nach … nach Vikis Tod.«

»Seitdem leben sie allein?«, fragte Jamina.

»Mit wem sollte ich denn noch leben?«

»Sie haben —«

»Was hab ich denn noch? Ich habe alles verloren, Viki, Lieselotte, meine Arbeit, unser Haus, schauen Sie doch, wie ich lebe.« Hagen schnaubte. »Sogar meine Freunde habe ich verloren, wissen Sie, sie haben sich lange genug mein Wehklagen angehört, aber irgendwann, da … da wollten sie …« Seine Stimme erlahmte. Enttäuscht streckte er sich nach einer Zigarettenschachtel. »Darf ich?«

Er wartete ihre Antwort nicht ab, zündete sich eine Zigarette an und stieß den Rauch zur Decke aus. »Lieselotte hatte Krebs, es war schlimm. Sehr schlimm. Aber sie … sie hat gekämpft.« Noch einmal nahm er einen tiefen Zug. »Aber dann, nach Vikis Tod, vor fünf Jahren, da … da hat sie die Kraft verloren. Sie konnte nicht mehr kämpfen. Sie wollte nicht mehr.«

»Das tut mir leid«, wiederholte Jamina.

»Haben Sie ihn gefunden?« Durch eine Qualmwolke sah Hagen sie erwartungsvoll an. »Vikis Mörder, deswegen sind Sie doch da, oder?«

»Wir glauben, wir haben eine Spur«, sagte Oswald.

»Sie glauben?«

»Deshalb müssen wir mit Ihnen über Viktoria reden.«

»Ach«, seufzend hing Hagen an seinem Glimmstängel, »ich habe schon so viel über Viki erzählt, Ihren Kollegen damals.«

»Trotzdem, jetzt müssen Sie es *uns* erzählen.«

»Haben Sie das denn nicht alles in Ihren Akten stehen?«

»Natürlich, aber all das zu lesen, dazu fehlt uns die Zeit.«

»Ich weiß nicht, ob —«

»Bitte, Herr Hagen, es ist wichtig!«

Hagen führte seine Kippe zum Mund, bemerkte, dass sie herabgebrannt war, und zerdrückte sie im übervollen Aschenbecher. Dann hockte er für Sekunden nur unschlüssig da, stierte in den Haufen stinkender Reste.

»Herr Hagen«, sagte Oswald, »es ist wirklich wichtig, inzwischen geht es um mehrere Opfer.«

Langsam hob Hagen den Blick.

»Und um eine Frau, unsere Kollegin, die sich wahrscheinlich in großer Gefahr befindet«, fügte Jamina hinzu.

Geräuschvoll holte Hagen Luft, bevor er sich eine neue Zigarette ansteckte. »Wissen Sie …«, er inhalierte den Rauch und pustete ihn aus, »Viki … sie war eine junge Frau mit vielen Plänen. Und eine gute Schülerin. Sie war sehr wissbegierig, sehr interessiert. Und hatte sich sehr auf ihre Arbeit gefreut.«

Das war nicht unbedingt das, was Jamina von ihm hatte hören wollen.

»Viki hatte damals gerade erst ihre Lehre begonnen, in diesem Hotel am Flakensee. Wissen Sie, Sie wollte ins Leben hinaus, hatte große Pläne. Schon in der Schule hatte sie gewusst, dass sie ins Ausland möchte, erst Amerika, dann England. Sie wollte etwas erreichen.«

Jamina schwieg, weil sie ihn nicht unterbrechen wollte, jetzt da er tatsächlich redete.

»Viki fuhr immer mit der S-Bahn raus nach Erkner, wissen Sie, sie hatte dort bei einer Freundin ihr Fahrrad deponiert, direkt an der S-Bahnstation, denn es war noch einmal eine ganze Weile zu Laufen von der S-Bahn bis zum Hotel. Deshalb ist sie lieber Rad gefahren.«

Auch Oswald sagte nichts.

»An jenem Donnerstagmorgen ist sie nicht zur Arbeit erschienen. Ihre Freundin, die auch in dem Hotel gearbeitet hat, wurde stutzig. Denn das Fahrrad war weg, also musste Viki ja gekommen sein. Am Abend, auf dem Weg zurück von der Arbeit, fuhr die Freundin Bus, blickte nach draußen und entdeckte am Waldrand das Fahrrad. An der nächsten Station stieg sie aus, lief zurück und rief die Polizei. Es begann eine Suche – und dann … dann wurde Vikis Leichnam entdeckt. Unmittelbar am Hotel, nur wenige Hundert Meter von ihrer Arbeitsstelle.«

»Und eine Spur vom Täter gab es nicht?«, konstatierte Oswald.

»Oh doch!«

Überrascht sahen sich Jamina und ihr Kollege an.

»Vikis Freund!«, sagte Hagen.

»Ihre Tochter hatte einen Freund?«, fragte Jamina.

»Ja, wissen Sie, davon habe ich auch Ihren Kollegen damals lang und breit erzählt.«

»War sein Name Gerry Michels?«

»Nein.«

»Adam Peters?«

»Nein, auch nicht«, Hagen schüttelte den Kopf, »er hieß … Hans.«

»Hans?«

Hagen nickte, während er an seiner Zigarette zog. »Das war der Name, den Viki genannt hat.«

»Und weiter?«

»Weiter weiß ich nicht.«

»Aber Sie haben unseren Kollegen damals davon erzählt?«

»Ja doch, aber mein Eindruck war, dass sie sich kaum für diesen Hans interessierten. Dabei war er für mich sofort verdächtig.«

»Aus welchem Grund?«

»Weil Viki lange Zeit so ein Geheimnis aus ihm gemacht hatte. Klar, er war ihr Kollege …«

»In dem Hotel?«, unterbrach Oswald.

»Ja doch, das hab ich alles Ihren Kollegen erklärt.«

»Aber vor Ihnen, Herr Hagen«, hakte Jamina nach, »hat Ihre Tochter ihren Freund nicht geheim gehalten.«

»Vor mir? Oh doch. Aber nicht vor meiner Frau. Wissen Sie, mit meiner Frau hat sie über vieles gesprochen, die beiden waren einander sehr nahe. Auch über ihre Freunde. Und irgendwann dann auch über diesen Hans.«

»Worüber hat sie gesprochen?«

»Dass er wohl jemand war, Sie wissen schon,

verheiratet und Kinder, das hatte er wohl nicht gewollt, dass das bekannt wird.«

»Verstehe.«

»Und als meine Frau mir das dann erzählte, da hat es mich überrascht. Wissen Sie, wir hätten nie gedacht, dass Viki sich auf so was einlässt, gerade sie, die ihre Freiheit liebte, die so viel erreichen wollte. Und dann – ein Mann, verheiratet, Kinder! Aber nun ja, wo die Liebe hinfällt.« Mit einem Seufzer machte Hagen die Kippe im Ascher aus. »Am Ende war es dann aber alles andere als die große Liebe.«

»Warum?«

»Weil dieser Hans sie stresste. Weil er sie immer mehr unter Druck gesetzt hat. Es ging Viki richtig schlecht. Deshalb wollte sie von meiner Frau wissen, ob sie sich von ihm trennen sollte.«

»*Das* hat sie gefragt?«

»Ja, sie war sich nicht sicher, was sie tun sollte, sie …«, Hagen stockte, »sie hatte wohl Angst vor diesem Hans.«

»Was hat er getan?«

»Er ist wohl immer herrischer geworden. Wollte sie immer mehr einschränken. Und ich glaube, er hat sie sogar geschlagen.«

»Haben Sie der Polizei auch *davon* erzählt?«

»Natürlich, was denken Sie denn? Ich hab ihnen alles erzählt, auch dass er ein Grundstück besaß, nicht weit vom Flakensee, mit einer Datsche. Da war Viki mal mit ihm.«

»Wo genau am Flakensee.«

»Das weiß ich nicht, das hat sie nicht gesagt.«

»Aber es war am Flakensee?«, versicherte sich Jamina.

»Ja, genau dort, wo man sie …«, Hagen zögerte, »wo man sie schließlich auch fand.«

Wieder wechselte Jamina mit ihrem Kollegen einen Blick.

»Haben die Kollegen diesen Hans damals vernommen?«, fragte Oswald schließlich.

»Das ist es ja, ich glaube nicht.«

»Wie kommen Sie darauf?«

»Weil ich nie eine Antwort von ihnen bekam.«

»Sie haben sie gefragt?«

»Mehr als einmal, aber … aber sie hatten keine Zeit mehr für mich. Plötzlich war da irgendetwas anderes, ein anderer Mordfall. Der war wichtiger. Und dann, dann war es irgendwann eh egal, dieser Hans war verschwunden, weder im Hotel …«

»Sie waren auch im Hotel?«

»Was hätten Sie an meiner Stelle gemacht?«

»Vermutlich das Gleiche«, gab Oswald zu.

266

»Jedenfalls«, fuhr Hagen fort, »dort war er von einem Tag auf den anderen verschwunden. Keiner wusste, wo er war. Er war einfach weg.« Er streckte die Hand nach der Zigarettenschachtel aus und fluchte, als er bemerkte, dass sie inzwischen leer war.

Jamina reichte ihm ihre Visitenkarte. »Falls Ihnen noch etwas einfällt …«

»*Was* sollte das denn sein?«

Jamina fiel keine Antwort darauf ein. Sie folgte Oswald zur Tür.

»Herr Hagen«, auf halber Strecke drehte sie sich noch einmal um, »eine Frage noch.«

Mit traurigen Augen blickte Hagen zu ihr hoch.

»Wissen Sie noch, wer die Ermittlungen damals geleitet hat?«

»Aber natürlich«, Hagen schnaubte grimmig, »das war ein gewisser Kommissar Kalkbrenner.«

VIERUNDVIERZIG

Es war noch immer dunkel und still, als du die Fabrikhalle endlich verlassen hast.

Dein Atem ging keuchend, dein Herz raste.

Du kriegtest das Bild nicht aus deinem Kopf – Ken, dein bester Freund, der jetzt tot vor dir lag.

Sekundenlang standest du nur so da, atmetest ein, atmetest aus.

Jede Ecke, jeder Schatten schien dich anzustarren.

Dann unvermittelt setzte der Schock ein.

Du ranntest los, versuchtest, der Erinnerung zu entkommen – vergeblich.

Du hattest Ken getötet. Deinen besten Freund.

Die Blicke der wenigen Menschen, denen du begegnetest, bohrten sich in dich, als wüssten sie, was du getan hattest. Du hast laut aufgeschrien. Dein Schrei hallte durch die Straßen.

Er ist weg! Weg!

Du warst allein mit deiner Schuld, allein mit deinem Schmerz.

Deine Beine trugen dich weiter, immer weiter, ohne Ziel, du liefst und liefst, bis du nicht mehr konntest.

Du brachst zusammen, heultest und schluchztest.

Dann standest du auf und gingst weiter, wie ein Getriebener.

Du sahst die Gesichter der Menschen, die an dir vorbeizogen, aber sie waren verschwommen, wie durch einen Schleier.

Du warst dir sicher, dass sie dich erkannten, dass sie dir ansahen, was du getan hattest.

Das hast du jetzt davon!

Bis du dich irgendwann vor einem Club wiederfandest.

Das grelle Neonlicht erleuchtete den Eingang, die laute Techno-Musik drang dumpf durch die Tür.

Du starrtest auf das Schild und erinnertest dich, dass du hier ein paar Mal mit Ken gewesen warst.

Offenbar hatte dich dein Unterbewusstsein hierhergeführt.

Also gingst du hinein.

Die Musik war ohrenbetäubend, die Luft dick von Alkohol, Schweiß und Parfüm.

Du drängtest dich durch die Menge, die sich im Rhythmus der Bässe bewegte.

Lichter blitzten in hektischen Mustern.

Du hast dich von der Masse mitreißen lassen und deine Gedanken wurden von der lauten Musik und den zuckenden Lichtern betäubt.

Irgendwann stand Viola vor dir. Lachend fragte sie dich nach Ken.

Du hast dir irgendetwas geantwortet und sie lachte noch lauter.

Später drückte sie dir eine kleine Pille in die Hand.

Du schlucktest sie einfach hinunter.

Es dauerte nicht lang und die Farben wurden leuchtender, die Musik intensiver.

Die Menschen um dich herum verschwammen.

Du bewegtest dich im Takt der Musik, deine Erinnerungen lösten sich auf. Du bist zu einem Teil der Menge geworden, tanzend und schwitzend, verloren im Rausch. Auch der Schmerz und die Schuld waren verschwunden.

Bis du eine Frau bemerktest, die dich anlächelte.

Du blinzeltest, unsicher, ob sie wirklich zu dir schaute oder ob es die Wirkung der Droge war.

Aber da war es wieder – dieses Lächeln.

Ihre Augen waren auf dich gerichtet und du spürtest ein Kribbeln.

Bevor du reagieren konntest, verschwand sie in der Menge.

Du versuchtest, ihr zu folgen, aber die Menschen um dich herum verschlangen dich. Die Musik dröhnte, während du um Orientierung kämpftest.

Immer wieder glaubtest du, einen Blick auf sie zu erhaschen, nur um sie gleich darauf aus den Augen zu verlieren.

Nach einer Weile gabst du auf, ließt dich wieder von der Musik treiben.

Doch wie aus dem Nichts stand sie wieder vor dir.

Diesmal griff sie nach deiner Hand.

Ohne ein Wort zu wechseln, habt ihr miteinander getanzt.

Ihr bewegtet euch synchron, als wärt ihr eins mit der Musik.

Eure Körper kamen immer näher.

»Du bist anders«, schrie sie dir ins Ohr, ihr Gesicht nahe deinem.

»Ja«, schriest du zurück, und in dieser Sekunde fühltest du es tatsächlich.

Du bist anders.

»Ich bin Alina«, sagte sie.

Du nanntest ihr deinen Namen.

In der gleichen Sekunde habt ihr euch geküsst.

Dein Herz schlug schneller, nicht mehr nur vom Rhythmus der Musik, sondern auch von Alinas Nähe.

Irgendwann am Morgen, der Club leerte sich bereits, fragtest du sie: »Wollen wir zu dir?«

»Nein, ich wohn' noch bei meinen Eltern. Was ist mit dir?«

FÜNFUNDVIERZIG

Zurück im Passat aktivierte Jamina die Freisprecheinrichtung und wählte Kalkbrenners Nummer.

»Jamina«, meldete er sich gleich nach dem ersten Klingeln, »habt ihr –?«

»Wir müssen reden!«, fiel sie ihm scharf ins Wort.

Für einen Moment drang nur sein angestrengter Atem aus dem Hörer.

Jamina startete den Wagen und gab Gas. »Paul, du hast –«

»Habt ihr Sera gefunden?«

»Nein, aber …«, sie zögerte, »eine mögliche Spur.«

»Welche?«

»Darüber müssen wir ja mit dir reden.«

»Kein Problem, ich bin auf dem Präsidium und –«

»*Dazu fehlt die Zeit!*«, platzte es aus Jamina heraus. *»Es ist schon viel zu viel Zeit verstrichen.«*

Verblüfft über ihren Ausbruch blieb Kalkbrenner kurz still. »Wie meinst du das?«, fragte er dann.

Jamina wollte etwas erwidern.

»Paul«, kam Oswald ihr zuvor und gab ihr mit einem Handzeichen zu verstehen, dass sie sich doch bitte wieder mäßigen sollte, »erinnerst du dich an den Fall Viktoria Hagen?«

»Wer?«

»Viktoria Hagen. Viki. Ein junges Mädchen, fünfundzwanzig Jahre.«

»Hilf mir bitte auf die Sprünge – was war mit ihr?«

»Vor fünf Jahren wurde sie am Flakensee ermordet gefunden.«

»Am Flakensee?«

»Du hast in dem Fall damals ermittelt.«

»Ja«, Kalkbrenner schien zu überlegen, »ich erinnere mich dunkel, eine schlimme Sache.«

»Und bis heute nicht aufgeklärt«, ätzte Jamina.

Abermals hob Oswald mahnend die Hand.

»Was hat das mit Sera zu tun?« , fragte Kalkbrenner.

Oswald ging nicht auf die Frage ein. »Viktoria Hagen«, sagte er stattdessen, »Viki, sie war in einer Beziehung, von der offenbar kaum einer wusste.«

»Du meinst –«

»Allerdings hatte ihr Vater euch damals davon erzählt. Und auch, dass dieser Freund sie anscheinend bedroht und geschlagen hat.«

»Jetzt wo du's sagst, ja, es fällt mir wieder ein, aber–«

»Dieser Freund war ein Kollege von ihr.«

Kalkbrenner zögerte, ehe er fragte: »Handelt es sich bei ihm um … um Gerry?«

Wieder ließ Oswald die Frage unbeantwortet. »Dieser Freund besaß offenbar ein Grundstück mit Datsche in der Nähe vom Flakensee.«

»Jetzt sag schon, ist es Gerry?«

»Und damit auch in der Nähe vom Leichenfundort.«

»Verdammt, was —«

»Paul«, konnte Jamina nicht länger an sich halten, »habt ihr diesen Freund damals vernommen?«

»Ich —«

»Seid ihr draußen auf seinem Grundstück gewesen?«

»Ich weiß nicht.«

»*Du weißt es nicht?*«, fuhr sie auf und sah fast den Lkw zu spät, der vor ihr ausscherte.

Heftig trat sie die Bremse.

Oswald wurde in den Gurt gepresst.

In sein Fluchen drang Kalkbrenners Stimme. »Der Fall liegt fünf Jahre zurück, glaubt ihr, ich kann mich noch an alles erinnern. Ich muss es in der Ermittlungsakte nachlesen.«

»Leon hat die Akte angefordert«, sagte Oswald, »wahrscheinlich hat er sie sogar schon auf seinem Schreibtisch liegen.«

»Wartet!«, sagte Kalkbrenner.

Kurz darauf war eine Tür zu hören, die geöffnet wurde.

Schnelle Schritte.

Stimmen.

»Paul«, fragte eine Frau, »möchtest du Kuchen?«

»Nicht jetzt, Rita!«, knurrte Kalkbrenner.

Eine weitere Tür ging auf.

Schritte, die durch ein Treppenhaus hallten.

Dann Stille.

Bis Pospiech sagte: »Oh, hallo Paul.«

»Du hast die Akte im Fall Hagen?«, fragte Kalkbrenner.

»Genau, ich —«

»Gib sie mir bitte.«

»Ja aber —«

»Gib schon her!«

Etwas klapperte, dann ein Rascheln.

Seiten, die geblättert wurden.

»Ah ja«, sagte Kalkbrenner. »Verdächtiger war damals ein … ein gewisser Hans Richarts.«

»Am Flakensee?«, fragte Oswald.

»Ja, am Waldweg 5.«

»Und?«

»Was und?«

»Warum wurde dieser Spur damals nicht nachgegangen?«, blaffte Jamina.

»Behauptet wer?«, fragte Kalkbrenner.

»Der Vater«, sagte Oswald, »er meinte, es wäre nichts passiert.«

»Blödsinn«, widersprach Kalkbrenner, »wir waren sogar draußen auf dem Grundstück, das steht hier im Bericht.«

»Und?«

»Wir haben dort niemanden angetroffen.«

»Wie?« Jamina traute ihren Ohren nicht. *»Und das war's dann?«*

»Na ja«, machte Kalkbrenner und zögerte, »wir wurden abgezogen von dem Fall.«

»Warum denn das?«

»Da war dieses Attentat im Schlosspark, vor fünf Jahren, der Mord an Fritz von Weizsäcker.«

»Diesem Mediziner?«

»Ja, der Sohn von Richard von Weizsäcker, dem ehemaligen Bundespräsidenten.«

»Schon klar«, zischte Jamina, »der war wichtiger als ein junges unbekanntes Mädchen.«

»Du weißt doch, wie das ist, Befehl von oben. Andere haben Viktorias Fall übernommen.«

»Und die sind nicht noch mal raus zum Flakensee?«

»Moment.« Wieder war zu hören, wie Kalkbrenner blätterte. »Nein, offenbar nicht.«

»Gottverdammt!«, fluchte Oswald. »Das heißt, dieser Mistkerl lebt dort womöglich noch immer völlig unbehelligt.«

»Seit fünf Jahren!« Jamina fuhr rechts ran. »Schick das SEK dorthin«, sie wartete, bis ein Lkw an ihnen vorbeigebrettert war, bevor sie den Passat wendete, »und einen Krankenwagen.«

Sie klemmte das Blaulicht aufs Dach, schaltete das Martinshorn ein, dann gab sie Gas.

SECHSUNDVIERZIG

Am nächsten Morgen lag Alina neben dir.

Sie war schon wach, lächelte, und für einen überraschenden Moment warst du glücklich.

Als wären Schmerz und Schuld von dir abgefallen.

»Guten Morgen«, sagtest du leise, so als ob ein lautes Wort sofort alles zerstörte.

»Morgen«, murmelte sie und streckte sich.

Sie war noch immer nackt und verschwitzt. Ihre

Augen strahlten dich an. Vielleicht hast du dich in diesem Moment gefragt, warum sie ausgerechnet dich auserwählt hatte, ausgerechnet in dieser Nacht.

Aber vielleicht war es genau *diese* Nacht gewesen.

Womöglich hatte sie erkannt, wer du wirklich warst. Wahrscheinlich war sie es, die dich endlich verstanden hatte.

Du bist anders.

Sie beugte sich aus dem Bett und griff nach ihrem Slip.

»Warte«, fragtest du, »was hast du vor?«

»Ich will nach Hause, was sonst?«

Mit einem Ruck setztest du dich auf. »Wollen wir nicht … was frühstücken?«

»Ach nee.«

»Oder was essen gehen?«

»Auch nicht.«

»Was anderes? In den Park?«

»Ganz sicher nicht.« Lachend streckte sie sich nach ihrem T-Shirt.

Verstört sahst du ihr dabei zu. »Sehen wir uns wieder?«

»Vielleicht.«

»Ich würd dich gerne —«

»Jetzt übertreib mal nicht, ja?« Sie streifte sich ihr Shirt über die Brüste, und plötzlich wirkte sie gar nicht mehr amüsiert.

Was dich nur noch mehr verwirrte. »Hab ich was falsch gemacht?«

»Nein.«

»Das letzte Nacht …«

»… war cool, ja. Aber mach jetzt bitte kein Drama draus.«

»… das war doch …«

»Hey«, ihr Gesichtsausdruck veränderte sich, »das meinst du nicht ernst, oder?«

»Ich weiß nicht, ich dachte –«

»Das war nur Sex!«

»Aber du … hast du nicht … etwas gespürt?«

»Klar hab ich was gespürt.«

»Na siehst du.«

»Deinen Schwanz!« Alina lachte, während sie sich aus dem Bett erhob und ihre Jeans vom Boden pickte. »Der übrigens ziemlich schnell schlapp gemacht hat.«

Du verspürtest einen Stich.

»Und ich«, sie schlüpfte in ihre Jeans, »mach jetzt die Düse.«

»Nein, warte!« Du hast nach ihrer Hand gegriffen.

Sie zog sie dir weg. »Lass mich!«

»Bitte!«

»Ich will jetzt weg!«

»Aber … « Deine Stimme brach, die Worte blieben dir im Hals stecken.

»Mann«, Alina schüttelte den Kopf, »was ist los mit dir?«

Ihre Worte trafen dich wie ein Schlag ins Gesicht.

»Du tickst doch nicht richtig!«

»Hör auf!« Deine Stimme bebte.

Alina lachte erneut, diesmal noch verächtlicher. »Du hast doch echt Scheiße im Kopf.«

Mit der Nachttischlampe schlugst du zu.

»Das hast du davon!«, schriest du, während die Lampe auf ihren Schädel krachte. *»Das hast du davon!«*

Aber das bekam sie schon nicht mehr mit.

SIEBENUNDVIERZIG

Erst als sie über den Fürstenwalder Damm stadtauswärts rasten, schaltete Jamina das Martinshorn aus.

Das Blaulicht dagegen ließ sie an.

»Herrgott«, fluchte Oswald zum wiederholten Mal. »Ich kann das nicht fassen!«

Nicht anders erging es Jamina.

Inzwischen hatten sie Köpenick hinter sich gelassen.

Felder rasten an ihnen vorbei, Bauernhöfe, Windräder.

Der Müggelsee kam in Sicht.

Nach wenigen Hundert Metern fuhren sie durch Wilhelmshagen, bogen an einer Kreuzung nach links, gleich darauf ging es nach rechts.

Vor ihnen schlängelte sich die Landstraße durch endlose Kartoffelfelder bis zum Horizont.

Jamina lenkte den Passat in eine Kurve, die sie weg von den Kartoffelfeldern und hinein in den Wald brachte. Bäume neigten ihre mächtigen Wipfel über die Straße. Hinter der nächsten Kurve parkte ein Wagen.

Daneben wartete Kalkbrenner.

Jamina ging in die Eisen.

»Paul!« Noch ehe der Passat stillstand, sprang Oswald bereits ins Freie. »Was machst du hier?«

»Was denn? Habt ihr gedacht, ich sitze in meinem Büro …«

»Genau das haben wir erwartet!«

»… und drehe Däumchen?«

»Himmelherrgott!«

Kalkbrenner grummelte. »Willst du jetzt weiterfluchen oder –«

»Wo ist das SEK?«, unterbrach Oswald ihn.

»Unterwegs.«

»Du hast es verständigt?«

»Was glaubst du denn? Dass ich da allein reinmarschieren will?« Kalkbrenner deutete auf einen schmalen verwachsenen Forstweg.

Von Sträuchern und kleinen Bäumen hingen zerbrochene Zweige.

Vogelgezwitscher war aus dem Wald zu vernehmen. Das beharrliche Klopfen eines Spechts.

Und ein Schrei, weit entfernt, aber dennoch – zweifellos der Schrei einer Frau.

»Habt ihr das auch gehört?«, fragte Kalkbrenner.

»Natürlich«, brummte Oswald.

»*Paul!*«, rief Jamina.

Kalkbrenner verschwand bereits zwischen den Bäumen.

»*Herrgott!*«, fluchte Oswald und lief ihm nach.

Auch Jamina setzte sich in Bewegung.

Sie liefen parallel zum Forstweg, schlichen durch das Unterholz. Die Bäume tauchten die Gegend in tiefe Schatten, die ständig zuckten.

Immer wieder verhakten sich Äste in ihren Jacken, als wollten sie sie am Weiterkommen hindern.

Trockene Zweige knackten unter ihren Schuhen.

Vögel flogen auf. Irgendwo hämmerte noch immer der Specht, sonst war nichts zu hören, keine Autos, keine Stimmen.

»Dort!«, zischte Kalkbrenner und blieb abrupt stehen.

Zwischen Sträuchern bewegte sich etwas.

Behutsam pirschten sie sich weiter vorwärts bis an den Rand einer Lichtung.

Sträucher und Büsche wucherten ungezähmt.

Das Häuschen zwischen den Bäumen wirkte mit seinen kleinen Fenstern und der Veranda, die ringsherum führte, wie aus einem Märchen. Die Tür stand weit offen. Vor einer Garage parkte ein Jeep.

»Siehst du jemanden?«, wisperte Jamina.

»Niemanden«, sagte Oswald.

»Worauf wartet ihr?«, fragte Kalkbrenner und tat einen Schritt nach vorne.

In der gleichen Sekunde kam ein Mann auf die Veranda heraus.

Jamina duckte sich hinter einen Strauch, auch ihre Kollegen zogen reflexartig die Köpfe ein.

»Ist das dieser Gerry?«, flüsterte Jamina.

Kalkbrenner nickte voller Grimm. Seine Hand ging zur Waffe.

Vorsichtig schob Jamina einige Zweige beiseite.

Gerry trat die Stufen der Veranda herab, lief zum Jeep und –

Plötzlich war das sich rasch nähernde Sirenengeheul eines Krankenwagens zu hören.

In dem Moment rief Pospiech: *»Jamina?«* Seine Stimme hallte durch den Wald. *»Benedikt? Wo seid ihr denn?«*

Gerrys Kopf flog herum.

»Was zum Teufel!«, schimpfte Kalkbrenner.

»Gottverdammt!«, fluchte Oswald. »Er schon wieder!«

Jamina griff nach ihrer Waffe. *»Polizei!«* Sie sprang hinter dem Gebüsch hervor. *»Bleiben Sie stehen!«*

Oswald zog ebenfalls seine Waffe. *»Keine Bewegung!«*

Doch Gerry dachte nicht daran, er sprang in den Jeep.

Kalkbrenner hob seine Waffe. *»Stehenbleiben!«*

Gerry startete den Wagen und gab Gas. Mit einem Satz schoss der Jeep über die Lichtung auf den Waldweg zu.

Dort tauchte in dieser Sekunde Pospiech auf.

Der Jeep hielt geradewegs auf ihn zu.

Mit einem Schrei riss auch Pospiech seine Waffe. Er schoss sofort.

Der Jeep geriet ins Schlingern.

Gerry kurbelte wie verrückt – und krachte mit dem Wagen frontal gegen einen Baum.

Wie benommen ließ Pospiech seine Waffe sinken.

Oswald pirschte sich geduckt und mit seiner Waffe im Anschlag zur Fahrertür vor.

Unterdessen rannte Kalkbrenner ins Haus. »Sera!«

Jamina war ihm dicht auf den Fersen. *»Sera!«*

Die Datsche war nur dürftig eingerichtet, ein Sofa, daneben ein kleines altes Holztischchen, eine Kommode im Durchgang zur Küche, billige Landschaftsdrucke an der Wand.

»Hier!«, rief Kalkbrenner aus der Küche.

Als Jamina zu ihm eilte, stemmte er eine Falltür empor. Das Licht aus der Küche fiel auf eine Leiter, die hinabführte in einen kleinen engen, mannshohen, von Schatten erfüllten Raum, dem der Geruch von Schimmel entwich, von Schweiß und –

Blut!

Ein Keller, vier nackte, unverputzte Wände mit grauen und gelben Flecken übersät. Ohne Fenster.

Im schwachen Licht, das von oben herunter drang, war eine nackte Frau zu erkennen.

»Sera!«, stieß Kalkbrenner hervor.

Sie kauerte am Boden, ihr Bein stand im unnatürlichen Winkel ab, ihr Gesicht war blutüberströmt. Sie stöhnte, schien kaum bei Sinnen.

Aber sie lebte.

»Sera«, Jamina kletterte die Treppe hinunter, »wir sind da.«

»Ich hole den Arzt«, rief Kalkbrenner und hastete hinaus auf die Lichtung.

»Sera«, flüsterte Jamina, »du bist in Sicherheit.«

Erneut gab Muth ein schmerzerfülltes Stöhnen von sich.

Kurz darauf lugte der Kopf eines Sanitäters zum Keller hinein.

Jamina wartete, bis er zu Muth hinabgeklettert war, dann kehrte sie zurück nach oben.

Muths Blut klebte an ihren Klamotten. Aber das war ihr egal.

Draußen hatte Oswald inzwischen Gerry aus seinem demolierten Jeep befreit.

Blut rann aus einer Platzwunde an der Stirn.

Pospiech legte ihm Handschellen an.

Als Gerry seinen Blick zu Jamina hob, erstarrte sie. »Verdammt!«

»Was?«, fragte Oswald.

Jaminas Blick ging zu dem Jeep. Erst jetzt erkannte sie die Fahrzeugmarke. Es war ein Range Rover. »Ich kenne diesen Gerry!«

ACHTUNDVIERZIG

Minutenlang saßest du nur so da. Vielleicht waren es auch Stunden.

Du hast vermieden, Alina anzusehen.

Irgendwann aber musstest du aufs Klo, also hast du dich dann doch zu ihr umgedreht.

Nach wie vor lag sie regungslos auf dem Boden, neben ihr die Lampe, blutbefleckt. Ihr halber Schädel war zerschmettert, unter ihr das Blut zu einer großen Lache geronnen.

Erstaunlicherweise fühlst du dich nicht einmal schuldig.

Das hast du davon!

Trotzdem hattest du keinen blassen Schimmer, was du tun solltest.

Zwar wohnten außer dir eh kaum noch Leute im Haus, das seit Jahren zunehmend mehr verwahrloste. Der Balkon war brüchig, das Dach undicht, weil sich der Vermieter partout nicht kümmerte. Ringsum rostete ein Baugerüst vor sich hin und verdunkelte die Zimmer.

Aber schon bald würde man nach Alina suchen, womöglich hatte man dich mit ihr im Club gesehen, vielleicht würde sich jemand an dich erinnern, man würde dich hier finden.

Nein, du konntest nicht länger hierbleiben, nicht nach dem Tod von Ken, nicht, nachdem du Alina getötet hattest. Du musstest weg hier, du musstest untertauchen. Vorher allerdings musstest du erst einmal die Leiche loswerden.

Nur gut, dass im Keller noch immer die Gefriertruhe stand.

NEUNUNDVIERZIG

Jamina stand im Flur der dritten Etage des Präsidiums.

Neben ihr warteten Oswald und Kalkbrenner und hüllten sich in unbehagliches Schweigen.

Vor wenigen Sekunden war überraschend Muth aus dem Fahrstuhl getreten. Auf Gehhilfen gestützt, blass und mit schmerzerfüllter Miene, schleppte sie sich ihnen entgegen. Obwohl eine Woche seit ihrer Befreiung vergangen war, trug sie noch einen Kopfverband, ein großes Pflaster auf ihrer Wange, einen Gips um ihr Bein. Trotz der Gehhilfen war sie um Haltung bemüht.

»Sera«, grummelte Kalkbrenner, »was willst du hier?«

»Ist Gerry im Vernehmungsraum?«, überging Muth seine Frage.

»Was du hier willst, habe ich gefragt.«

Trotzig hob Muth ihr Kinn. »Mit ihm reden!«

»Das geht nicht«, widersprach Kalkbrenner.

»Paul hat recht«, pflichtete Jamina ihm bei, »du bist befangen, Sera, du kannst nicht mit ihm reden.«

Muths grimmiger Blick wechselte zwischen ihnen hin und her. »Was ist mit euch? Hat er mit *euch* bisher geredet?«

Sowohl Kalkbrenner als auch Jamina antworteten nicht.

Muth nickte verstehend, was ihr noch mehr Schmerzen zu bereiten schien. »Also ...«, sie ächzte, »also sitzt er seit einer Woche in Untersuchungshaft und schweigt beharrlich.«

Die Tür zum Treppenhaus flog auf und Dr. Salm eilte heraus. »Frau Muth?« Der Dezernatsleiter runzelte die Stirn. »Was machen *Sie* denn hier?«

»Ich will mit Gerry Michels reden.«

»Also *das* halte ich ...«

»... vielleicht für gar keine so schlechte Idee«, meinte die junge Frau, die Dr. Salm aus dem Treppenhaus folgte – Ende dreißig, schwarze Haare, Brille, Jeans, T-Shirt.

Alle Blicke wandten sich ihr zu.

»Darf ich vorstellen?«, sagte der Dezernatsleiter, »das ist Frau Dr. Vivien Zierzow, Kriminalpsychologin.«

»Frau Muth«, grüßte Dr. Zierzow. »Es freut mich sehr.«

»Ich wünschte, die Freude wäre auf meiner Seite«, murmelte Muth.

»Natürlich«, Dr. Zierzow nickte, aber es klang, als spielte Muths Einwand keine Rolle, »ich habe mich mit Ihrem Fall beschäftigt.«

»Mit *meinem* Fall?«, wunderte sich Muth.

»Na, Sie wissen, was ich meine.«

»Nein.«

»Wie auch immer«, erwiderte Dr. Zierzow, »vielleicht ist *Ihre* Idee deshalb tatsächlich gar nicht so verkehrt und *Sie* sollten diesen Gerry Michels vernehmen.«

»Also ich«, bemerkte Kalkbrenner, »halte die Idee für sehr verkehrt.«

»Ich auch«, stimmte Jamina ihm zu.

Dr. Salm setzte ebenfalls zum Protest an.

»Aber vielleicht«, kam Dr. Zierzow ihm zuvor, »vielleicht bricht Gerry Michels ja endlich sein Schweigen, weil es ausgerechnet Frau Muth ist, eines seiner Opfer, die ihn vernimmt.«

Muth nickte.

Dr. Salm schüttelte den Kopf.

»Und vielleicht«, fuhr Dr. Zierzow fort. »helfen Ihnen, Frau Muth, meine Erkenntnisse bei der Vernehmung sogar weiter.«

Mit schmerzverzerrter Miene streifte Muth sich ihre Jacke ab. »Die da wären?«

»Nun«, begann Dr. Zierzow, »im Augenblick ist es so: Wir wissen von vier seiner Opfer …«

»Vier?«

»Man hat es Ihnen noch nicht gesagt?«

»Nein.«

»Inzwischen«, erklärte Oswald, »konnten ihm noch zwei weitere, bisher ungelöste Mordfälle zugeordnet werden. Zum einen Beate Kleinschmitt, sechsundzwanzig, ermordet vor acht Jahren.«

»Und der andere?«

»Liegt noch länger zurück – ein gewisser Ken Krumrey.«

»Ein Mann?«

»Ganz genau«, ergriff Dr. Zierzow wieder das Wort, »Krumrey war selbst ein mehrfacher Mörder, ein Kindermörder.«

»Eine schlimme Sache damals«, fügte Oswald hinzu. »Ich war an den Ermittlungen beteiligt.«

»Echt?«, fragte Jamina.

»Ja, das war vor deiner Zeit, vor elf Jahren, also lange, bevor du nach Berlin gekommen bist.«

»Das Besondere an diesem Fall damals«, erklärte Dr. Zierzow weiter, »eines Tages fand man Krumrey ermordet, zugerichtet wie seine vorherigen Opfer – gefoltert, ins Herz gestochen, halb verbrannt. Er lag tot neben eines seiner Opfer, dem kleinen Torben, der im Übrigen wohlbehalten überlebt hat. Inzwischen deutet alles darauf hin, dass Gerry Michels diesen Krumrey getötet, den Jungen gerettet hat.«

»Der übrigens damals der Freund von Torbens Mutter war«, sagte Oswald. »Wir haben ihn sogar einmal vernommen.«

»Und da hast du ihn in der Datsche nicht wiedererkannt?«, fragte Jamina.

»Herrgott, das ist elf Jahre her!«

»Sei's drum«, nahm Dr. Zierzow den Faden wieder auf, »wir erhoffen uns von einer Vernehmung von Gerry Michels jetzt auch Aufschluss in diesem bisher ungelösten Fall.«

»Und was ist mit den jungen Frauen?«

Dr. Zierzow nickte, als hätte sie diese Frage erwartet. »In allen drei Fällen scheint er die jungen Frauen entführt und sich noch einmal brutal an ihnen vergangen zu haben, mutmaßlich wohl als eine Art Strafe dafür, dass sie ihn verlassen wollten. Dann erst hat er sie getötet. Was wohl auch der Grund dafür ist, weshalb er Sie, Frau Muth, noch hat leben lassen.«

»Verstehe«, sagte Muth und wahrscheinlich tat sie das tatsächlich.

»Sie, Frau Muth, waren durch den Angriff Gerry Michels schwerverletzt«, fuhr Dr. Zierzow fort. »Höchstwahrscheinlich zu schwer, um sich noch einmal an Ihnen zu vergehen. Wahrscheinlich wollte er, dass Sie erst einmal genesen. Das war Ihr Glück.«

»Glück?«, wiederholte Muth und wartete die Antwort der Kriminalpsychologin nicht ab.

Mühsam humpelte sie weiter zum Vernehmungsraum.

»Frau Muth, bitte«, rief Dr. Salm, »das kann ich nicht zulassen.«

»Wahrscheinlich ist sie die einzige, mit der Gerry Michels redet«, wand Dr. Zierzow ein.

Wieder schüttelte der Dezernatsleiter den Kopf. »Trotzdem, das —«

»Es ist zumindest ein Versuch wert.«

Dr. Salm wollte noch etwas erwidern, dann ließ er es bleiben.

Er seufzte resigniert.

Inzwischen hatte Muth die Tür zum Vernehmungsraum erreicht.

»Sera«, Kalkbrenner lief ihr nach, »du musst das nicht tun.«

»Er hat recht«, pflichtete Jamina ihm bei.

Muth sah die beiden an. »Wissen wir inzwischen, wer er wirklich ist?«

»Wir haben einen Verdacht«, gab Jamina zu, »aber das —«

»Dann lasst es mich versuchen.« Achselzuckend mühte Muth sich zur Tür. Auf halbem Weg blieb sie stehen. »Jamina, stimmt das?«

»Was?«

»Dass du Gerry … dass du ihm an dem Abend noch begegnet bist?«

»Du hast es nicht mitbekommen?«

»Da lag ich wohl bewusstlos in seinem Kofferraum.«

»Ja«, sagte Jamina, »ich hab ihn angehalten, weil er wie ein Verrückter durch die Stadt gerast ist.«

Muth lachte auf und verzog ihr Gesicht vor Schmerz. »Was hat er gesagt?«

»Er war ein überhebliches Arschloch.«

»Und dann?«

»Hat mich die Nachricht erreicht, dass du verschwunden bist.«

»Und du hast ihn fahren lassen.«

»Tut mir leid«, sagte Jamina.

»Du konntest es nicht wissen.« Mit einem neuerlichen Achselzucken betrat Muth die Kombüse.

Der Vernehmungsraum war klein, eng und überhitzt wie eine Schiffsküche.

An einem winzigen Tisch schwitzte Gerry.

Um seine Gelenke waren Handschellen, von denen eine Kette zu einem Ring am Boden führte.

Er lächelte, als er Muth sah.

Widerstrebend setzte sich Jamina ihm gegenüber.

Die Hitze drückte auf ihr Gemüt, während sie das Tonband einschaltete und Tag sowie Uhrzeit nannte. »Anwesend sind Kriminaloberkommissarin Jamina Stark, Kriminaloberkommissarin Sera Muth und …« Sie hielt inne.

Mit einem Ächzen ließ sich Muth neben ihr nieder. Sie musterte Gerry. »Wie sollen wir dich nennen?«

»Spielt das eine Rolle?«

»Gerry Michels?«

»Wenn du das möchtest.«

»Adam Peters?«

»Mir ist das egal.«

»Hans Richarts?«

»Oder so.« Gerry winkte verächtlich ab. Die Kette rasselte. »Wenn man erst einmal einen Namen hat, ist es ganz egal, wie man heißt.«

»Sind Sie jetzt unter die Philosophen gegangen?«, ätzte Jamina.

Gerry beachtete sie nicht. Noch immer lag sein Blick auf Muth. »Liebe Kinder haben viele Namen.«

»Und?« Muth beugte sich vor. »Warst *du* ein liebes Kind?«

Noch mehr Kommissar Kalkbrenner?

Kommissar Kalkbrenner wird zu einer
übel zugerichteten Frauenleiche in der
U-Bahnstation Potsdamer Platz gerufen.
Was nach einem Milieumord ausschaut, entpuppt sich
schon bald als Auftakt einer grausigen Mordserie.

Kalkbrenner und seinem Team wird klar: In den alten
Bunkern und U-Bahn-Tunneln unter Berlin lauert ein
mörderisches Geheimnis!

Der erste Fall für Kommissar Kalkbrenner.

Berlin wird von einer Mordserie erschüttert. Der Täter stellt Filme ins Internet, auf denen zu sehen ist, wie er seine Opfer quält. Dann lockt er Journalisten zu den Leichen.

Kommissarin Sera Muth und ihr Ermittlungsteam ziehen den Polizeipsychologen Dr. Babicz hinzu. Diesem kommt das Vorgehen des Täters vertraut vor. In den USA hatte er bei der Überführung eines Mörders mitgewirkt, der seine Opfer bei lebendigem Leib häutete.
Ist der »Knochenmann« nun zurück?

Ein Fall für Sera Muth!

Mitten in der Nacht wird Max von seiner Mutter geweckt.
»Seid still«, sagt sie weinend, als sie den Zehnjährigen und seine
vier Jahre alte Schwester Ellie in einen Wandschrank sperrt.
»Geht zu Opa ...«, hören die Kinder sie noch flüstern,
dann fliegt krachend die Haustür auf. Ihre Mutter schreit.
Ellie weint. Um sie zu beruhigen, erzählt Max ihr die
Geschichte vom Märchenwald.

Im Wedding steht Kommissar Paul Kalkbrenner vor dem
rätselhaftesten Fall seiner Karriere.
Und der Märchenwald birgt nichts Gutes.

Rasant. Böse. Spannend.

Panik in der Hauptstadt: Scheinbar wahllos richtet ein
Serienkiller junge Männer hin.
Kommissarin Sera Muth und ihr Team suchen
vergeblich nach einer Verbindung zwischen den Opfern.
Bis der Mörder einen ihrer Kollegen tötet.
Jetzt ist der Fall persönlich.

Auch der Student Marcus wird seit Tagen vermisst. Während
seine Mutter unter Schock steht und das schlimmste
befürchtet, glaubt der schwerkranke Vater nicht an den Tod
seines Sohnes. Er setzt alles daran, ihn zu finden - und bringt
sich damit selbst in große Gefahr ...

Frühling in Berlin: Evi ist glücklich. Ihre Mama hat versprochen, dass sie nie wieder Angst haben muss. Dieses Versprechen bricht jäh, als sie Zeugen eines Mordes werden. Und die Polizei einzuschalten, ist keine Option.

Unterdessen werden Kommissar Kalkbrenner und sein Team zum Friedhof gerufen. Ein totes Baby wurde in einem leeren Grab entsorgt. Die Ermittlungen schockieren selbst Kalkbrenner und lassen ihn in ungeahnte Abgründe blicken ...

**Ein kleines Kind. Eine große Lüge.
Ein schrecklicher Tod.**